이 세상에 아름다운 사람, 좋은 시인이었던
고 이광웅, 김남주 두 분께
이 시집을 눈물로 바칩니다.

차   례

제 1 부

제 2 부

제 3 부

제 4 부

제 1 부

푸른 나무 1

막 잎 피어나는
푸른 나무 아래 지나면
왜 이렇게 그대가 보고 싶고
그리운지
작은 실가지에 바람이라도 불면
왜 이렇게 나는
그대에게 가 닿고 싶은 마음이
간절해지는지
생각에서 돌아서면
다시 생각나고
암만 그대 떠올려도
목이 마르는
이 푸르러지는 나무 아래.

푸른 나무 2

소쩍새 우는 사연

너를 부르러
캄캄한 저 산들을 넘어
다 버리고 내가 왔다
아무도 부르지 않는
그리운 너의 이름을 부르러
어둔 들판 바람을 건너
이렇게 내가 왔다
이제는 목놓아 불러도
없는 사람아
하얀 찔레꽃 꽃잎만
봄바람에 날리며
그리운 네 모습으로 어른거리는
미칠 것같이 푸르러지는
이 푸른 나뭇잎 속에
밤새워 피를 토하며
내가 운다.

푸른 나무 3

나무야 푸른 나무야
나는 날마다
너의 그늘 아래를 두 번씩 지난다
해가 뜰 때 한 번
그 해가 질 때 한 번

걷다가 더울 때 나는 너의 뿌리에 앉아
너의 서늘한 피로 땀이 식고
눈보라칠 땐 네 몸에
내 몸을 다 숨기고
네 더운 피로 내 몸을 덥히며
눈보라를 피했다
나무야
잎 하나 없는 잔가지 그림자만
맨땅에 떨어져 있어도
언제나 내겐 푸르른 나무야
내가 서러울 때

나도 너처럼 찬바람 가득한

빈 들판으로 다리를 뻗고

달이 구름 속에 들 때 울었다

목놓아 운 적도 있었단다 나무야

푸른 나무야

우리 마을이 네게서 시작되고

네게서 끝나듯이

내 삶의 기쁨도

네게서 시작되고

네게서 이루어졌다

오늘은 나와 함께 맘껏 푸르른 나무야.

푸른 나무 4

우산 없이 학교 갔다 오다
소낙비 만난 여름날
네 그늘로 뛰어들어
네 몸에 내 몸을 기대고 서서
비 피할 때
저 꼭대기 푸른 잎사귀에서
제일 아래 잎까지
후둑후둑 떨어지는 큰 물방울들을 맞으며
나는 왠지 서러웠다
뿌연 빗줄기
적막한 들판
오도 가도 못하고 서서 바라보는 먼 산
느닷없는 저 소낙비

나는 혼자
외로움에
나는 혼자 슬픔에

나는 혼자
까닭없는 서러움에 복받쳤다
외로웠다

네 푸른 몸 아래 혼자 서서
그 수많은 가지와
수많은 잎사귀로
나를 달래주어도
나는 달래지지 않는
그 무엇을, 서러움을 그때 얻었다
그랬었다 나무야
오늘은 나도 없이
너 홀로 들판 가득 비 맞는
푸르른 나무야.

푸른 나무 5

이제 너는 아무리 좋은
달밤에도 혼자 서 있다
사랑은 떠나고
달이 찾아와 달빛을 뿌리고
캄캄할 때 별들이 내려와 열리고
소쩍새가 날아와 울지만
붓꽃을 꺾어 들고, 들국을 꺾어 들고
네 그늘 아래로
발소리를 죽이며 숨죽여 그림자를 숨기던
사랑은 이제 없다
네 큰 몸에 기대어 몸을 숨기고
첫 입맞춤을 하던 사랑은 이제 없다
누가 이제 네 아래 누워
긴 사랑을 약속하랴
들판 가득 환한 달빛이 쏟아지고
하얗게 열리던 길들은 적막하다
나무야

나도 사랑했던 나의 사람을

네 그늘 아래로 끌어들였었다

달빛 새어들어 황홀하게 빛나던

그 수많은 이파리들의 수런거림을 들을

그런 눈부신

사랑은 이제 아무데도 없다

이 들판 가득했던

사랑과 이별을 다 알고

그 서러움까지 기대주고 감싸주던 나무야.

푸른 나무 6

너는 언제나 홀로 서 있다
캄캄한 여름밤이나
뙤약볕 내려쬐는 여름 한낮이나
너는 이제 홀로 아득히 서 있다
네 그늘 아래 들어 논물을 보며
쉴 사람들은 없고
매미를 잡으러 너를 오를 아이들은 한 명도 없다

서너 동네 사람들이
네 그늘이 미어터지게 가득 모여들어
못밥을 먹곤 했었다
저 작은 들판 모내기가 다 끝나고
김매기가 다 끝나고
벼베기가 다 끝날 때까지
농부들은 네 그늘 아래 모여 쉬며 밥 먹고
네 그늘 아래 누워 낮잠 자고
밤이슬을 피하며 삽자루를 베고 누워

논물을 지키곤 했다
이 논 저 논 논물을 대며 싸우며 함께 늙어가던
사람들은 떠나고 죽어가고
남은 사람들도 이제 쓸쓸한 네 그늘 아래
들르지 않고 지나만 간다

네 그늘 가득
못밥을 먹는 모습들이
그 사람들이 지금도 네 그늘 아래 살아날 것만 같다
김이 뭉게뭉게 피어나는
쌀 반 보리 반 반식기 고봉밥에
푸른 가닥김치, 생갈치 지진 것, 콩자반, 하지감자국
무엇이든 배가 터지게 먹고
네 그늘 아래 드러누워 보던 너의 그 푸른 이파리와
소낙비처럼 울어대던 매미소리와
달디달고 짧은 잠에서 깨어나던 그 여름 한낮의
눈부시던 들판의 햇빛

아, 꿈결처럼 들리던 모내던 소리도 이제 사라졌다
무엇이 남았느냐
이제 너는 언제나 홀로 서서
들판에 묻힌 옛 이야기를 쓸쓸히 더듬는다
너의 그 수많은 가지와 이파리로.

푸른 나무 7

오늘도 집에 가다
나는 네 뿌리에 앉아
서늘한 네 몸에
더운 내 몸을 기댄다
토끼풀꽃 애기똥풀꽃이 지더니
들판은 푸르고
엉겅퀴꽃 망초꽃이 피었구나
좋다
네 몸에 내 몸을 기대고 앉아
저 꽃 저 들을 보니 오늘은
참 좋다

이 세상을 살아오다
누구나 한번쯤
인생의 허무를 느낄 때가 있었듯이
내 청춘도 까닭없이
죽고 싶을 때가 있었다

그냥 외로웠다

이유 없이 슬펐다

까닭없이 죽고 싶었다

그러던

오늘 같은 어느날

텅 빈 네 그늘 아래 들어

서늘한 네 몸에

더운 내 몸을 기댔다

아, 서늘하게 식어오던 내 청춘의 모서리에 풀꽃이
피고

눈 들어 너의 그 수많은 잎들을 나는 보았다

온몸에 바람이 불고

살아보라 살아보라 살아보라

나뭇잎들이 수없이 흔들렸다

살고 싶었다

지금도 피는 저 엉겅퀴와 망초꽃을

처음 보던 날이었다

오늘도 나는 혼자 집에 가다
네 몸에 내 몸을 기대고
네 뿌리에 앉는다
이 세상 어느 끝으로 뻗어
이 세상 어느 끝에 닿아 있을 것만 같은
네 가지 가지에 눈을 주고
이 세상 어둠속을 하얗게 뻗어
어둠의 끝에 가 닿을 것만 같은
네 뿌리에 앉아
나는 내 눈과 내 몸을 식힌다.

푸른 나무 8

집, 나라, 그리고 시

길가에 홀로 서 있는
너는 한 편의 시다
네 몸에서는 달이 솟고
소쩍새가 날아와
밤새워 운다
마을과 마을 중간
작은 들 가에 홀로 서 있는
네 푸른 가지는 논밭에 가 닿아 있고
네 아래로
그늘과 빛이 찾아들어
온갖 풀꽃들이
햇빛으로 그늘로 핀다
지금 눈감아도 훤히 떠오르는
엉겅퀴꽃 찔레꽃 붓꽃 달맞이꽃
빨간 산딸기 노란 마타리 솜다리
희디흰 망초꽃 희고 노란 들국화
밥티 입에 문 며느리밥풀꽃

너의 수많은 가지 가지 잎잎에는
온갖 벌레들이 또 그렇게
찾아와 살림을 차린다
너는
집이다
나라다 시다.

푸른 나무 9

바삐 흐르는 저문 물 보면
괜히 가슴 두근거리며
하던 일 서둘러지고
갑자기 그대가 더 보고 싶어집니다
눈길 끝으로 멀리 물을 따라가보면
나는 물 따르지 못하고
저기 가는 먼 물 끝만 봅니다
바삐바삐 흐르는 저문 물 보면
가을이 깊어지고 세월도 깊어지는지
나는 압니다
오늘도 내 그리움 다 실은
물소리 다 그대에게 갑니다
나는 평생을 그렇게 살며
이 푸른 잎 다 늘리고 다 키웠습니다.

푸른 나무 10

푸른 똥

저 푸르른 잎 보면
푸른 똥이 생각나는구나
망중 무렵 모든 곡식 다 바닥나고
해는 길고 보리 모가지는
왜 그리 더디나 나오는지
보리 모가지 기다리며 눈이 빠지다
동 벤 보리 목 뚝뚝 따다
솥에다 푹푹 찌고 볶으면
파짝파짝 마른단다
그걸 도구통에 콩콩 찧으면
보릿잎 보릿대 패지 않은 보리가
한꺼번에 찧어졌단다
그걸 체에 탁탁 치면
푸른 가루가 나온단다
그걸로 죽을 쑤면
색깔이 포로소롬하고 맛이 꼬소롬하다
그 죽을 먹고 똥을 싸면

푸른 똥이 나온단다
저 새 잎 푸른 나뭇잎같이
푸른 똥이,
얘야
저 푸른 나무 새 잎 보니
푸른 똥이 다 생각나는구나.

저 산 저 물

산도 한 삼십 년쯤 바라보아야 산이다
물도 한 삼십 년쯤 바라보아야 물이다
내가 누우면 산도 따라 나처럼 눕고
내가 걸어가면 물도 나처럼 흐른다
내가 잠이 들면 산도 자고
내가 깨어나면 물도 깨어난다

내가
세상이 적막해서 울면
저 산 저 물도 괴로워서 운다.

찔레꽃 받아들던 날

오월의 숲에 갔었네
나뭇잎과 나뭇잎 사이로
숲속을 찾아드는 햇살은
아기 단풍잎에 떨어져 빛나고
새들은 이 나무 저 가지로 날며 울었네
바람이 불어 나뭇가지들이
천천히 흔들리고
우리도 따라 나무처럼 흔들리며
마음이 스치곤 했네
아주 작은 자갈돌들이 뒹구는
숲속의 하얀 오솔길
길섶의 보드라운 풀잎들이
우리들을 건드리며 간지럽히고
나는
난생 처음 사랑의 감미로움에 젖었다네
새로 피어나는 나뭇잎처럼 옷깃이 스치고
풀잎처럼 어깨가 닿고

꽃잎처럼 손길이 닿을 때
우리는 우리도 몰래 손이 잡히었다네
아,
숨이 뚝 멎고
빙그르르 세상이 돌 때
다람쥐 한 마리가 얼른 길을 질러가네
따사롭게 젖어 퍼지는 세상의 온기여
새로 열리는 숲이여 새로 태어나는 사랑이여
서로 섞이는 숨결이여
여기는 어디인가
숲은 끝이 없고
길 또한 아름다워라
우리들의 사랑 또한 그러하리
걷다가, 처음 손잡고 걷다가
한 무더기 하얀 꽃 앞에서
당신은 나에게 꽃 따주며 웃었네 하얀 찔레꽃

오월의 숲에 갔었네

그 숲에 가서

나는 숲 가득 퍼지는 사랑의 빛으로

내 가슴 가득 채웠다네

찔레꽃 받아든 날의 사랑이여

이 세상 끝없는 사랑의 날들이여!

바람 불고 눈 내려도

우리들의 숲엔 잎 지는 날 없으리.

시   인

배고플 때 지던 짐 배부르니 못 지겠네.

정말로 눈이 부시구나

봄비 지나간 밤 사이에
풀들이 이렇게나 돋아났구나
논둑길로 집에 가다
쭈그려앉는다
아직 찬바람 찬 서리 남았는데
너는 쑥 아니냐
우리 민해 갓 태어났을 때 손같이 여리구나
민해는 이제 커서 전주에 갔단다
너는 자운영 아니냐
너도 크면 꽃피우겠지
너는 토끼풀 아니냐
너도 크면 푸르러지겠지
너는 띠풀
너는 냉이
너는 잔디
아이고, 너는 시루꽃나물 아니냐
다른 풀들은 아직 싹도 안 보이는데

너는 언제 나서 자라 벌써 이렇게
작고 이쁜 꽃을 피웠느냐
정말이지, 진짜로 눈이 부시구나
그래, 겨울은 을매나 춥고
땅속에 있는 것들은 다 잘 있더냐
나는 안다 봄을 가져온
이 작은 것들아
너희들의 아름다움, 너희들의 외로움을
해 따라 나온 너희들의 그리움을
나는
나는 안단다.

피지 못한 꽃 우리 그리운 순이

모악아
때로는 나도 너처럼
두 손 다 내려놓고 서서
따뜻하게 살아나는
전주의 불빛 아래
고운 얼굴들을 하염없이 바라보고 싶다
어른거리는 불빛 속에서
민주주의를 외치다
관통로를 떠나버린
피지 못한 꽃 그리운 우리 순이 얼굴도
때로는
떠올리고 싶다
죽은 자나 산 자나
어쩌면 다 떠나고 새로 돌아온 저 거리
돌아다보면
꽃처럼 피어나던 얼굴들이
금세 달려올 것같이 자욱하여

눈물이야 나겠지만
언제 보아도 모악이 모악인 것은 모악아
이 세상에 닿지 않는 사랑을 향해 뻗는
너의 목마른 손길 때문이 아니더냐
네 손이 사랑의 끝까지 가 닿는다면
어찌 모악이 모악으로 서 있겠느냐
그리하여 모악아
나도 너처럼
닿지 않는 고운 얼굴들이 불빛 아래 있어
이 세상으로 손을 뻗고
이 세상에 때로 손을 내린다
네 앞을 지나 전주에 가며
오늘 순이가 더 그리운 날
나도 너처럼
두 손 다 힘껏 뻗으며
추억처럼 살아나는
그리운 전주의 불빛들을 전주 끝까지
모두 바라보고 싶다.

제 2 부

강 같은 세월

꽃이 핍니다
꽃이 집니다
꽃 피고 지는 곳
강물입니다
강 같은 내 세월이었지요.

산 벚 꽃

저 산 너머에 그대 있다면
저 산을 넘어 가보기라도 해볼 턴디
저 산 산그늘 속에
느닷없는 산벚꽃은
웬 꽃이다요

저 물 끝에 그대 있다면
저 물을 따라가보겄는디
저 물은 꽃 보다가 소리 놓치고
저 물소리 저 산허리를 쳐
꽃잎만 하얗게 날리어
흐르는 저기 저 물에 싣네.

세월은 가고

가다가 문득 서 둘러보면
삶은 허허롭네
산허리에 기대고 싶은 이 몸이
마른 갈대처럼
가는 바람에 기대어
쓰러질 듯
문득 가벼워져
서지네.

다시 옛 마을을 지나며

남주형 생각

다 늙은 감나무에
따지 못한 감들이
허연 눈을 쓰고
얼고 썩고 곯아 떨어진다
감나무 하나 제대로 가꾸지 못해
감가지마다
감들을 썩이는
대한민국이라는 나라여.

일

앞산에 꽃이 지누나 봄이 가누나
해마다 저 산에 꽃 피고 지는 일
저 산 일인 줄만 알았더니
그대 보내고 돌아서며
내 일인 줄도 인자는 알겠네.

시인의 피

작은 마을에
한 시인이 살고 있습니다
바람 부는 날이면
강물을 따라 멀리 갔다가 와서
맑은 피로 편지를 씁니다
핏기 하나 없는 풀잎들이
강변에 쓰러졌습니다
쓰러진 풀잎 위에
풀잎들이 또 쓰러졌어요라고
그의 피가 다 말라
그가 풀잎 위에
풀잎처럼 가볍게 쓰러질 때까지.

교실 창가에서

아이들은 교실에 들어서자마자
왁자지껄 떠들어대고
교실 창 밖 강 건너 마을 뒷산 밑에
보리들이 어제보다 새파랗습니다
저 보리밭 보며 창가에 앉아 있으니
좋은 아버지와 좋은 스승이 되고 싶다 하시던
형님이 생각납니다
운동장 가에 살구나무 꽃망울은 빨갛고
나는 새로 전근 와 만난
새 아이들과 정들어갑니다
아이들이 내 주위에서
내게 다가왔다 저 멀리 멀어지고
멀어졌다가 어제보다 가까이 다가오는 모습들이
마치 보리밭에 오는 봄 같습니다
형님
이렇게 저렇게 아이들은
아이들과 부딪치고 싸우며

정들어가는 이 사랑싸움을 나는 좋아합니다
다치고 상처받고 괴로워하며
자기를 고치고 마음을 새로 열어가는
이 아름다운 마음의 행진이
이 봄날에 한없이 눈물겹습니다
세상이 새로워지면 이게 행복인 게지요
들어갈 벨이 울리자
아이들이 일제히 내 쪽으로
붉은 얼굴을 돌립니다
저럴 땐 얼굴들이 나를 향해 피는 꽃 같습니다
봄이 오는 아이들의 앞과 등의 저 눈부심이 좋아
이 봄에 형님이 더욱 그립습니다.

보리 같은 아이들아

아이들아
아이들아
저 빈 들판
캄캄한 땅을 뚫고
찬 서리 찬 이슬에 반짝이며
세상에 눈을 뜨는
파란 보릿잎을
가을 벌판에서 보았느냐 아이들아
눈보라치는 허허벌판
언 몸으로 언 땅을 딛고
눈보라를 이겨가는
저 작은 보릿잎과
하얀 잔뿌리를 보았느냐
아이들아
내 사랑하는 아이들아
추운 겨울이 가고
따뜻한 새봄이 오면

저 빈 들판에
함께 푸르러지며
푸른 물결 치는
보리밭을 보았느냐
아이들아
겨울 보리 같은 이 땅의 아이들아.

천담분교

큰비가 오고
큰 붉덩물이 쿵쿵쿵 흐릅니다
다리가, 횟다리가 넘어
학교에 못 가고
우리는 이쪽에서
선생님은 강 저쪽에서
손 모아 몇번씩 불러보다가
쭈그리고 앉아
물구경하다
오늘은 그냥 집에 가는 천담분교.

강가에서

강가에서
세월이 많이 흘러
세상에 이르고 싶은 강물은
더욱 깊어지고
산그림자 또한 물 깊이 그윽하니
사소한 것들이 아름다워지리라.
어느날엔가
그 어느날엔가는
떠난 것들과 죽은 것들이
이 강가에 돌아와
물을 따르며
편안히 쉬리라.

하동에서

이광웅 형님

겨울 섬진강 하얀 모래밭에
마른 솔잎같이 희미한 물새 발자욱을 따라가다
발자욱 문득 사라진 모래밭과
물새 날아간 하늘을 바라보며
텅 빈 하늘가에
살아온 세월을 그리시는,
이제는 귀밑머리 스산한 형님
이 세상에 애처롭게 사라지는 것들이
어찌 저 작은 모래알 위에 찍힌
희미한 발자욱뿐이겠습니까
숨가쁘게,
숨이 가쁘게 흘러온 것들이 어찌
저 강물뿐이겠습니까
이만큼 떨어져서 걷다 뒤돌아다보면
내 발자욱도 형님 발자욱도 잔물결에 씻기어
사라지고
물만 흐릅니다

형님
우리의 아름다운 일생도
정겨운 형님과 나의 인연도 언젠가는
저 물새 발자욱처럼 이 세상에서 사라지고
산그늘 잠긴 물만
흐르겠지요.

갇힌 꽃

성담에게

일곱 명의 아이들을
강물 따라 집에 보내고
가문 봄강 하나를 건너
너를 만나러 간다
너를 만나러 가는 길은
먼지가 뽀얗게 일어나는 비포장도로
머리가 허연 할머니와 나만 탄
완행버스는
덜컹덜컹 흔들린다
흔들리며 바라보는 산천은
온통 꽃이다 꽃
꽃이 흔들린다 덜컹거릴 때마다
산이 크게 출렁인다
차창으로 내다보는
시골집 텃밭엔
지푸라기 사이사이로
파랗게 마늘이 자라고

허물어진 빈집엔
하얀 배꽃이 피었다
허리 굽은 할머니는
포장도로가 나오기 전에
때 절은 보퉁이를 끌어안고 내려
뽀얀 먼지 속에 묻힌다
지금쯤 아이들은
아무도 없는 집에 들어가
책가방을 먼지 낀 마루에 던지고
봄이 오는 강으로 달려갔을 것이다
전주에 다 가도록
감옥 안의 너와 꽃과 아이들과 조국을 생각한다
조국은 지금
갇혀서 너와 함께 화려한 꽃이다.

봄은 봄인디

내가 이렇게 병들어
몸뚱이를 방안에 부리고 누워
푸르러져오는
저 산만 바라보는디
어찌럴 헐끄나
저 묵정밭머리
저 묵은 논배미
마른 쑥대만 우북허니
내 눈길을 막고
이내 몸은 병들어
빛 쏟아지는 이 산 저 산만
날이 날마다 바라보니
참말로 환장허겄다
자식들 잡풀처럼
우북우북 길러놓았어도
내가 일손을 놓으니
저 지게 등태는 삭아내리고

괭이자루 낫자루 쟁기자루는
헛간에서 썩어간다
어찌럴 헐끄나
저 앞선 꽃밭등
히야다지게 꽃은 피어불고
잎은 우거져부는디
이내 몸은 병들어
몸을 부리고 누웠으니
어찌럴 헌다냐
내 다니던 저 앞산 산길에도
우우우 풀들이 내 눈길을 꽉 막고
일어설 수 없는
캄캄한 내 등허리 가차이
풀뿌리들이 허옇게 뻗어온다
어찌럴 헐끄나
봄은 봄인디.

김현 선생을 생각함

풀잎마다 하얗게 서리 슨
응달진 강길 십리
하얀 서리밭을 밟으며 걷다 보면
여러가지 생각이 다 납니다
여러가지 생각 중에
오늘 선생님 생각으로 강물 소리가 따라옵니다
몸이 아프신 줄 알았으면
한번 가 뵙기라도 했을 텐데
신문에서 부음을 보았습니다
선생님이 돌아가셨다니 놀라웠고
가 뵙고 싶었지만
한번 눈 쌓이면
내년 춘삼월에 눈 녹는
응달진 산자락 강길 끝에
내가 가면
진달래 꽃송이같이 떠오르는
몇명의 얼굴들을 하루라도 지울 수 없어
장례 때도 가 뵙지 못했습니다

이런 생각 하면
다정한 물소리 산에 가 닿고
저런 생각 하면 거센 물소리
저 하늘 끝을 칩니다
내가 가는 아침길
콩새떼들이 서리를 털며 풀잎 사이를 날고
물오리들의 물 차는 소리 들립니다
오늘 아침 선생님 생각으로
내 머리칼에선
곧 이슬이 될 하얀 서리꽃이 핍니다
선생님
선생님을 뵈온 적은 없지만
다정하고 따뜻한 것 같았습니다
바늘끝 같은 풀잎마다
서리 슨 길가에 서서 이 글 씁니다
명복을 빕니다

강물 소리 멀리 갑니다.

아직 사립문을 닫지 않았다

그해 오월에는
사람이 사람을 부르고
꽃이 꽃을 부르고
산이 산을 아우성으로 불렀느니라
그해 오월에
고향 마을 논두렁에는 자운영꽃이
붉게 피어나고
금남로에는
총을 맞은 사람들이 피를 흘리며
꽃잎처럼 떨어졌느니라
그때 내 아들도
누군가를 부르며
소쩍새 우는 캄캄한 산을
주먹 쥐고 넘었느니라
세월이 흐르고 세상이 변했다 해도
해마다 이맘때가 되면
소쩍새가 산마다 울어

내 가슴은 쿵쿵 뛰고

사람은 사람을 찾고

꽃은 꽃을 찾고

산은 산을 찾는다

그런 소리들 말아라

그때를 생각하면 지금도 피가 거꾸로 흐르는디

그게 무신 소리다냐

저 산 넘어간 작대기 같은 내 아들은

아직 산 넘어 오지 않고

나는 아직 사립문을 닫지 않았느니라.

제 3 부

농민들은 농사철에 죽지 않는다

오늘 이웃 마을 초상집에 가서 윷놀아 3천원 땄다.

텅 빈 11월 들판을 지나 저 산 아래 환한 불빛들이
보이는 상갓집 마당에서 평생 농사꾼으로 가난하게 살
다가 농사꾼으로 죽은 고인에게 맑은 소주 한 잔 권하
고 절 두 번 하고 내가 국민학교 때 담임했던 어린 상
주 셋에게 절 한 번 하고 지푸라기 깔린 마당에 쭈그
리고 앉아 푸른 생미나리 들어간 홍어찌개에 소주 두
잔 하고 새우젓에다 돼지고기 몇점 찍어 먹고 연탄불
로 만든 모닥불에 몸 돌려 몸 녹이고 손도 쫙 펴서 녹
이고 서너 동네 어른들과 윷놀았다.

마루가 좁아 마루엔 영호(靈壺)만 놓고

뚤방은 허물어지고 좁아서 마당에다 절하는 곳 만들
어놓고

마당이 좁아 이웃 텃밭 비닐 하우스 속에 벌려놓은
헌 덕석 윷판에서

두 모로 업어서 개로 간 놈 한 모 개로 잡고 윷 하
나 해서 뙤로 모 자리에 다 갖다 놓고, 어쩌고저쩌고.

64

날라고 헌 놈 잡고 날라고 헌 놈 잡아 이겨 돈 2천원 땄다.

다시 한번 놀아 쉽게 2천원 따서 천원 개평 주고 소주 한 잔에 김치 얹어 돼지고기 한 점 꿀꺽 삼키고 어둔 들길 걸어 집에 간다.

이 돈 가지고 뭘 헐까.

어머님 천원 주고 내일 전주 갈 때 차비 헐까?

이 애린디 진통제 살끄나? 아니, 소화제도 다 떨어져부렀지?

아, 술은 얼큰허게 올라오고 돈은 적은디 헐일은 되게 많네. 헐일이 많아서 기쁜디, 어이쿠 이 돌멩아, 조금 어둡다고 날 몰라보냐? 내 발길 안 보이냔 말이다. 아이고, 여긴 한수성님네 밭도랑물 나오는 디지. 건너뛰자. 여그는 어딘가 웅덩이가 있지. 아, 여그구나. 하마터면 빠질 뻔했네. 제기랄. 여근 삼쇠어른네 묵은 논다랭이지? 여그는 동환이양반네 논두렁길 아녀.

불빛이 보이는구나.

산 아래 아득한 불빛이.

어둑어둑 느티나무도 보이고, 와! 물소리도 들리네 그려.

이따금 이 길에서 돌아가신 양반이랑 마주치곤 했지. 지게 지고 마주 오면 뻔히 알면서도 "어디 갔다 오세요" 하면 "논에"라고 뻔한 대답 하며 비켜가던 철순이양반. 아직 죽을 때가 안되었는데 불쌍한 철순이양반. 느티나무 아래 마을회관 집에서 말없이 살다가 느티나무 큰 가지 찢어져 집 부서지자 빈집에 이사 가서 살았지.

병원에서 쫓겨오자 성경책 들고 봉고차 타고 교회당도 열심이더니.

농사꾼은 농사철에 죽지 않고
일 다 해놓고 한가할 때 죽는다.

사람들은 어둠을 둘러쓰고
11월의 들판처럼 텅 빈 죽음을 찾아
문상 간다.
먼 마을 불빛들이야
산 아래 어둠속에서 따뜻하게 살아나지만
그 불빛으로 길 찾지 않는다.
눈에 익은 논둑길 봇도랑길 따라 걸어가
초상 마당에 들어서서
어둠을 벗고
절하고 술 마시며
왔는가 왔는가 자네도 왔는가
인사하고 윷판이 벌어지면 비집고 들어앉는다.

단돈 천원이 없어
어깨 너머로 윷판을 바라보다
개평이라도 얻으면
쑤꾸 들어가 어깨 비비며 개걸간에 열내다가

어깨에 닿은 어깨가 어깨에 익어
돌아다보면
멋쩍게 웃던 그는 죽었지 죽었어.
때 지난 잠바에 키 큰 철순이는 죽었어.
갈수록 허전해지는 어깨 추스르며
어둔 들 건너 서러운 불빛에 눈길 거두고
철순이는 죽었지.
가난이야 맨날 가을 논밭 언저리
마른 지푸라기 같았지.

어둠도 가져가지 못한 지긋지긋한 가난,
일어설 수 없는 가난,
마당과 뜰방과 빈 헛간 구석구석 어둠을 몰아내며
여기저기 두서너 개씩 불을 밝혔지만
부엌에 넘어질 듯 쌓인 연탄 몇장과
밝을수록 남루한 살림살이들만,
서러운 살림살이들만 흰히 드러난다.

밤새워,

밤을 새워 불빛들은

저 들을 비추지만

누구에게도 길잡이가 되지 않는다.

저들의 어둠을 한 치도 쫓지 못하고

3천원씩 4천원씩 잃고 따가지고

한기 드는 추위를 못 이겨

식은 고기 몇점에 소주 몇잔씩 걸치고

비척비척 집에 가는

저 웅크린 사람들의 길까지

밝히지 못한다.

그의 죽음까지는 죽어도 닿지 못한다.

오늘 초상집에 가서 윷놀아 3천원 땄다.

이것 살까 저것 살까 집에 오는 길

어둠속에서 불쑥불쑥 초상집 문상 가는 어른들을 만

난다.

느닷없이 나타나는 어둠속의 얼굴들.
죽은 철순이양반 같은 얼굴들이 간다.
일 다 해놓고 일 없을 때 죽은 철순이 만나러
일 없는 길을 간다.

저 강변 잔디 위의 고운 햇살 1

그해 겨울은 참 따뜻했다

방학이 시작되었어도 아이들은 시골 할머니집에 더는 오지 않았다 강변은 텅 비어 있었고 따뜻한 날 주성이 혼자 물가에 나가 돌멩이를 힘껏 힘껏 던지거나 강기슭 그늘에 언 얼음을 깨뜨리다가 심심하게 집으로 돌아가곤 했다 곧 해가 지고 밤이 왔다

강변 풀잎들은 불질러지지 않았으며 바람에 이리저리 쓰러져갔다 한번 쓰러진 풀잎들은 하얀 서리를 맞으며 납작 엎드려 더는 일어서지 못했다

앞산은 뒷산을 쳐다보고

뒷산은 앞산을 쳐다보며 서로 막막하고 적막했다 말없는 산 말없는 물 빈 강변 개들도 짖지 않았다

다 허물어지고 문짝이 너덜거리는 회관, 그 중에 방한 칸에는 연탄보일러로 방이 따뜻했다 노인회관이었다 여든이 넘은 할머니들 서넛이 밤이나 낮이나 거기서 살았다 이따금 밥을 먹고 지팡이를 짚고 더듬더듬

길을 더듬어 회관으로 모였다 저녁 내내 할머니들은 담배를 태우고 라면을 끓여 먹으며 긴긴 밤이 지긋지긋했지만 날이 밝아도 별 볼일이 없었다 그들의 삶은 적막하고 외롭다 순창 할머니는 집을 비워둔 채 아예 거기서 날마다 잤다 혼자 사는 그 꺼먼 집이 무섭다고 했다

아, 내 새끼들은 다 어디 갔는가 내 논밭들은 다 묵었다 산길은 막히고 논들은 죽은 듯 누워 하얀 서리를 뒤집어쓰고 두런두런 회관 할머니들의 이야기 소리를 들었다 새벽이 되었어도 그들은 잠이 없었으며 아침 일찍 집을 향해 또 길을 더듬었다 허연 머리, 굽은 허리 그들은 이제 누구와도 나란히 걷지 못했다

새해가 시작되었다

새해가 되어 이장을 뽑으려 했지만 아무도 이장을 하려 하지 않았다 아침부터 저녁까지 회관엔 어지럽게 신발들이 여기저기 널려 있고 담배 연기가 자욱했다

우기고 우겨서 종길이아재가 이장이 되었다 이장 선거
가 끝나고 두부국에 소주들을 마셨지만 아무도 흥이
나질 않았다 태환이형이 늦은 밤 느닷없이 회관 앰프
를 틀고 구름도 울고 넘는, 울고 넘는 저 산 아래를
불렀다 앞산은 캄캄했다 아무리 악을 쓰며 구름을 울
고 넘기려 했지만 구름은 앞산 뒷산 아무 산도 넘지
못했다

　새 대통령이 연두기자회견을 했다 회견이 끝났어도
내 손엔 아무것도 쥐어지질 않았다 국제경쟁력, 국제
화, 개방화, 세계화, 우루과이라운드, 물가잡기 모든
것들에게 희망을, JP는 웃었다
　그리고 새 대통령은 헌 대통령들과 만나 오찬을 하
며 활짝 웃었다 오찬이 뭐냐고 어머님이 물어서 점심
이라고 내가 대답했다 전씨와 노씨가 화해가 되느냐
마느냐에 뉴스 초점이 맞춰졌다 어머님은 그들이 싸웠
다냐고 나에게 물었다 나는 둘이 삐쳤다고 했다 근디

왜 새 대통령이 그런 것까지 전국가적으로 챙피허게 나선다냐?

모두들 '밖'으로 눈을 돌리자고 했다 어머니는 온갖 좋은 소리들을 들을 때마다 말로 떡을 하면 조선사람이 다 묵고 남는단다 떡은 쌀로 허는 것이다며 이상벽 씨가 진행하는 아침 프로는 꼭 보셨다 어머님은 자꾸 대통령의 말 '밖'으로 쫓겨났다

텃밭가에 쓰러진 마른 옥수숫대 뽑지 못한 마른 고춧대 다 찢어진 채 미친년 속옷처럼 펄럭이고 너울거리는 비닐 하우스 뽑지 않은 배추는 썩어갔다 무엇이 남았는가 강물은 더럽게 썩고 논과 밭은 묵었으며 우리들은 늙은 채 한때도 못 보고 대통령의 떡이 되지 않는 말에 속아 살았다 국제경쟁력과 상관없이 하루해가 그저 심심하고 적막하게 산 너머로 지곤 했다 할머니들은 또 지팡이를 짚고 어둑어둑 회관으로 찾아들었다 우리 어머니가 한번 갔더니 "어, 인자 쓸 만한 사

람 하나 오네" 하더란다 그래서 웃었단다 쓸 만한 사
람?

이따금씩 계란장사, 개장사, 염소장사가 마이크를
크게 틀고 앞산 뒷산을 울렸지만 앞산 뒷산은 덤덤하
고, 그들은 그냥 왔다 갔다 난을 캐러 온 승용차들이
하루 종일 길가에 있다가 해가 지면 횡——— 가버리곤
했다
태환이형은 아침이면 산에 올라 토끼 올가미를 보러
다녔지만 한 마리도 걸리지 않고 빈손으로 산을 내려
왔다 "아, 퇴깽이가 싹 어디로 가부렀능개비여"

강물은 얼지 않았다 그늘진 곳에 살얼음이 끼기도
했지만 금방 녹아버렸다
강물엔 더러운 물때들이 물풀처럼, 찢어진 걸레처럼
너울거렸다 강물에서 이제 아무도 빨래를 하지 않는다
더럽게 썩어가는 강

그 강가에서 주성이 혼자 썩은 강물에 돌을 던지거
나 쓸쓸하게 돌아다니곤 했다 외롭디외로운 주성이

서울에서는 전화와 함께 원고 청탁서가 오곤 했다
새해 복 많이 받으시고 애정으로 지난해를 돌보아준
것같이 올해도 그러라고 해놓고 한 줄 띄고
청탁 내용 : 농촌 특집 (시 3편)
UR 타결 이후 농촌의 실상과 농민들의 심정을 사
실적으로 담아주십시오
나는 농촌의 실상과 농민의 심정과 그것을 사실적으
로 담아달라는 친절하고도 정중한 청탁자의 글을 읽고
또 읽었지만 '실상'과 '심정'과 '사실'에 나는 괴로워
했다

어머니께서는 밤마다 마실을 가셨다 두부도 없는 마
을에서 두부내기, 국수도 안 파는 마을에서 국수내기,
또는 십원씩 내기 민화투들을 쳐서 모은 돈으로 무슨

'마앗이' 있는 것이 없을까? 고민했다 돈이 모두 2천5
백원이라고 했다 며칠 모은 돈이

아침이면 안개가 뿌옇게 끼고 느티나무 실가지엔 하
얀 서리꽃이 피어났다 텃논에 지푸라기들도, 논두렁에
마른 풀잎들도 하얀 서릿발을 쓰고 조용히 누워 있었
다 몇집 굴뚝에선 연기가 허옇게 오르고 안개가 걷히
면 금방 서리들은 사라졌다

새벽이면 나는 눈이 떠졌다 뒤채며 닭 울음소리를
듣다가 불을 켜고 일어나보지만 딱히 읽을 만한 책도
그런 기력도 없었다 모로 누워서 책의 제목들을 읽곤
했다

친구는 멀리 갔어도

누가 그대 큰 이름 지우랴

이 어둠을 사르는 끝없는 몸짓

동소산의 머슴새

시의 길을 여는 새벽별 하나

저 창살에 햇살이

기뻐 웃는 불꽃이여
아침꽃을 저녁에 줍다

부엉이가 부엉부엉 울고 병상의 남주형이 생각났다
서러웠다 억울했다 잠을 이룰 수가 없었다 어둠이, 찬
물소리가, 내 몸에 자꾸 감겼다

아이들을 데리고 처음 서울 구경을 간 아내는 시도
때도 없이 전화를 했다 여긴 서울역이에요 육삼빌딩이
에요 네 재밌어요 여긴 덕수궁이에요 안 피곤해요 여
긴 광명이에요 네 잘 자요 여긴 케이비에스 앞이에요
그러믄요 잘 놀아요 그러다가 느닷없이 집에 가고 싶
어요 여보 하며 능청을 떨곤 했다

그해 겨울은 참 따뜻했다

저 아래께 산중턱 제일 끝 집 노망한 할머니는 혼자
마을을 돌아다녔다 누가 누군지 몰라 만나는 사람마다

땟국이 흐르고 눈곱이 가득 낀 얼굴로 "누구데야? 누구여?" 금방 내가 누구라고 해도 금방 잊어먹고 또 물었다 주면 먹고 안 주면 굶었다 이웃 친척집에서 더러 돌보아주고 같이 살던 막내며느리가 서울서 왔다갔다했다 같은 동네 딸도 살지만 그 딸도 혼자된 지 오래이고 농사만 끝나면 서울 아들네 집엘 가곤 했다 집에 가보면 집이 집이 아니고 꼴이 꼴이 아니었다 외양간은 비어 있고 연탄불이 꺼진 지 오래 되었으며 개밥통에 개밥만 그득했다 개도 짖다가 사람이 반가운지 금방 사람에게 꼬리치며 뛰어오른다

그 아래 순창 할매집은 사람이 사는 집 같지 않았다 나간 집 같았다 뚤방은 허물어졌고 작은방 문짝 돌쩌귀가 빠진 지 오래 되어 횡──했다 몇개 덜렁 놓인 장독대에 독들은 깨져 있고 나뒹굴고 독을 열어봐도 소금만 쉬지 않았고 독들은 다 비어 있었다 헛청에 나무가 떨어진 지 오래 되었으며 슬레이트 지붕은 삭아 구멍이 뚫렸다 집도 한쪽으로 기울어가고 담은 허물어

졌으며 흙벽은 숭숭 뚫리고 서까래는 부러졌다 마당에
마른 풀들은 미친 여자 머리처럼 엉켜 쓰러지고 쑥대
는 쑥대머리로 서 있었다 여기저기 썩어 나자빠진 헌
덕석, 지게는 썩어 부러졌고 구멍 뚫린 천장으로 '밖'
이 보였다 푸른 하늘이

아, 집. 집. 집

지붕은 무너지고

문짝은 떨어졌다

여기도 사람이 사는 집인가

쟁기는 썩고

방구들은 쥐들이 들랑거린다

꺼먼 부엌 아궁이는 허물어져 막히고

삽과 괭이와 낫과 호미가 여기저기 흩어져

녹슬고 썩어간다

확에는 흙이 수북하고 풀이 쓰러져 있다

햇빛이 잘 드는 곳에서 도둑고양이들이 늘어지게 기
지개를 켜다

산으로 어슬렁어슬렁 들어간다

무심하다 처참하고 눈물난다

여기도 사람이 살았던 집이다 나무하고 밥 먹고 싸
우며 소 키우고 아기 낳고 기르며 희망이 즐거움이 기
쁨이 행복이 있었다 농사지어 거두어들이고 시집 장가
보내고 벗들이 모여 방 가득 놀았었다 정월이면 울긋
불긋 구석구석 풍물을 울리며 춤을 추었다 마당 가득
불빛 아래 사람들이 모여들었고 소죽 솥에다 죽을 끓
여 나누어 먹었다

이제 집은 버려졌다

그들의 아름다운 꿈과 희망은 다 어디 갔는가 누가
빼앗아갔는가

아, 그해 겨울은 따뜻했고 해는 주성이의 하루처럼
심심하게 떠서 심심하게 지곤 했다

주성이가 강변에서 늘 혼자 외로웠다

그해 겨울은 차암 따뜻했다

윤환이네 집엔 할머니 혼자 있다 그 아래 창섭이네
집엔 식구 두 명 순창 할머니는 혼자 그 아랫집엔 암
재댁 할머니 혼자 집이 너무 크다 그 아랫집 송세완네
집 세 식구 중 두 식구는 소대변도 받아내야 한다 그
옆집은 빈집 그 옆집은 빈집 터 그 윗집 재호는 마흔
이 넘었어도 장가를 못 갔다 그 옆집 빈집 터에 벌통
들이 널려 있다 그 아래 큰당숙모네 집 혼자 사시다
서울 가셨다 썰렁한 마루 벽시계는 언제 보아도 네시
오분이다 집을 비우니 쥐들이 방구들이나 벽을 뚫고
뒤집어놓는다 그 옆집은 빈집 터 그 옆집은 일흔이 넘
으신 박세완 내외가 있는 듯 없는 듯 조용하다 그 옆
집 담배집 할머니 두 내외 제주도 아들네 집에 간 지
오래 되었다 그 옆에 태환이형네 식구 네 명 소를 키
운다 그 뒷집 빈집 터 그 옆집 벌 키우는 집 왔다갔다
한다 그 아랫집 구이장 내외 소 키운다 그 옆집 회관
회관 윗집 동네 한복판에 흉하게 빈집이다 염소가 헛

82

청에서 산다 굳게 잠긴 문 어지러운 마당 소 구유가
푹 썩었다 그 뒷집 재섭이네 어머니 혼자 사시다 서울
간 지 오래 되었다 그 옆집 동환이양반네 집 동환씨
식구 네 명 그 아래에 우리 큰집 형님 내외 큰어머니
큰아버지 사시는데 큰아버지 큰어머니 제주도 가셨다
그 뒷집 큰 빈집 터 옹달샘에 가재가 살고 샘 속에 감
잎이 가득하다 그 아랫집 우리 집 어머니와 내가 산다
우리 집 뒷집 당숙모네 집 맨날 술만 먹고 잠만 잔다
있는지 없는지 사는지 안 사는지 모르게 조용하다 그
뒷집 큰 빈집 터 그 옆에 이장 된 종길이아재 어머니
돌아오셨지만 말을 못 알아듣는다 세 식구 산다 그 옆
집 삼쇠양반 내외 거동이 불편하고 맨날 병원에 가신
다 그 뒷집 빈집 다 허물어졌다 그 옆에 우리 작은당
숙네 가건물집 넓은 방 그리 사람들이 모여 논다 사람
사는 집 같다 그 아래 세정이네 집 두 식구 되었다 세
식구 되었다 대중없이 전주로 왔다갔다한다 그 아랫집
장이동 할매네 집, 길가 집 할머니 혼자 산다 산에서

83

나무하고 모여 놀지 않는다 허리가 뒤로 굽었다 저문
길 나무 한다발 짊어지고 돌아오곤 한다 아침이면 연
기가 퐁퐁 올라간다 그 옆집 현이네 집 혼자 사신다
집 비워두고 서울 간 지 오래 되었다 그 뒷집 빈집 터
그 집 왼쪽 빈집 터 그 아래 한수형님네 집 세 식구
산다 뒤안에 대숲에 참새새끼들 하루 종일 재재거린다
한수형님 어머니 기역자로 허리 굽으셨다 미음자로 동
네 길 건다 순창 할머니랑 윤환이 어머니한테 가다 비
탈길에서 넘어져 며느리한테 야단맞고 방금 우리 집에
서 후시딘 연고 가져갔다

  아, 그해 겨울은 따뜻했다

  마을 총가구수 23 총인구 54명 현재 40명 온 동네
적막하고 고요하다 까치만 울고, 그해 겨울은 따뜻했
다

  나는 이따금 동네 빈집들을 어슬렁거렸다 헛청도 들
여다보고 빈방도 들어가보고

아, 이 방 이 집, 옛날에 안 들어가본 방 없었으며
밥 안 먹어본 집 없었다 즐거웠고 배고팠고 따뜻했으
며 기뻤었다 그 방마다 기억 저쪽의 얼굴들이 하얗게
떠오르고 까맣게 사라졌다 썰렁하고 막막했다

다 무너지고 부서지고 허물어지고 썩어가고 버려진
사람들
그해 겨울 앞 강변은 따뜻했으며 아무 일도 일어나
지 않았다 죽음 같은 집들이 우중충하게 산그늘에 잠
기고 불빛도 없이 어둠속에 버려졌다 내 위장병은 사
흘이 멀다하고 재발했으며 오만가지 약들이 다 있었다
먹어도 먹어도 약은 있었고 내 위장은 그리 좋아진 것
같지 않았다 어머니는 뒷산 묵은 논 따뜻한 양지쪽 도
랑에서 물미나리를 캐오곤 하셨다 윤환이 어머니는 아
무나 붙들고 나는 죄진 일 없어라우 죄진 적 없당게라
우 눈물도 없이 소리도 없이 울고 비척이며 돌아다녔
다 내가 죽어야 하는디, 내가 죽어야 허는디 내가 왜

이리 안 죽는다요

　사람들은 모두 그 할머니가 죽는 게 낫겠다고 했다
죽는 게 낫은디 죽는 게 낫어 아, 죽음 같은 마을 그
해 겨울은 따뜻했고
　강변에서 주성이 혼자 이따금씩 잔잔한 강물에 돌을
힘껏 힘껏 던졌다
　파문은 곧 강기슭에서 살얼음으로 잦아졌다

　그해 겨울 저 강변 저 잔디 위의 고운 햇살은
따뜻하기만 했다.

저 강변 잔디 위의 고운 햇살 2

「저 강변 잔디 위의 고운 햇살」이란 시 보내고 나니
강추위 몰아치다 살을 에는 칼바람 불고, 이따금 앞산
정상에서 홀로 그 칼바람으로 땀 식히다
　강변 풀들 더 깊이 쓰러지고
　눈부신 서산 억새들 온몸으로 버티다 하얀 손 털고
빤듯이 서다
　한수형님 어머니 빙판길에서 넘어져 눕고
　순창 할매도 눕고
　삼쇠어른 내외 감기로 눕고
　밥할 사람 없다
　윤환이 부인 서울서 돌아오더니 감기로 꼼짝달싹 못
하고 누워 시어머니랑 꼬박 세 끼를 굶다 마을회관 연
탄불 꺼지고 마을 논밭 꽝꽝 얼어붙다
　나도 나중에 저럴 턴디
　나도 나중에 저렇게 혼자 아프면 어쩔꼬
　동네 아주머니 몇몇 깊은 밤 잠 못 이룰 때 닭 울다
전전긍긍 마을 더 깊이 가라앉다

눈 나리다

앞산 산등성 푸른 솔밭 홀로 거닐 때 펄펄 흰눈 내
리다

펄펄 내리는 눈송이

낙락장송 아래 서서 맞다

바람이 불고

저 아래 마을로 강으로 눈송이들 한없이 내려가다

문익환 목사님 갑자기 돌아가시다

긴 장례 행렬만큼이나 길게 사신 목사님

한 시대가 강추위 속으로 가다

전국 영하로 얼어붙다

우리 동네 폭설

어머님 새벽에 일어나 마당에 불 밝히고 눈 맞으시
며 하얀 눈 쓰시다

전주 아내에게서 여보 눈 와요 무지무지 이쁘게 눈
와요 당신 전주 안 와요 자꾸 전화 오다 「패왕별희」
보다 민해 재미없다고 자꾸 밖으로 나갔다가 길 잃고
엄마 어딨어 크게 엄마 찾다 사람들 웃다

　일직하다
　일직 끝나면 해 강 건너가다
　홀로 해 진 강변 길을 바람 타며 풀잎처럼 가볍게
걷다
　쩡쩡 언 강물이 하얗게 금가고
　뱃속은 찢어질 듯 미치겠고
　내 생머리 쪼개질 듯 아프다

　태환이형님 오랜만에 서울 가서 담배꽁초 버리다 들
켜서 나온 벌금 내지 않아 독촉장 나오다 독촉장과 함
께 추가벌금 5천원 더 나오다 형수님이 2만원 빌려다
주다 태환이형님 벌금 내러 가다 중간에서 그 돈으로

술 다 마셔버리고 노래부르며 바람 속을 오다 나 만나
더니, 느닷없이 "어이 용택이, 문익환 목사님이 돌아
가셔부렀담서인 —— " 태환이형님 코 빨갛고 말하는
순간순간 숨 헉헉 끊기다 나 놀라서 바람 막고 돌아서
며 멍하니 해 지는 서산 보다 눈물인가 서산이 자꾸
매웁다 "나도 알 것은 다 안다고" 태환이형님 저만큼
가며 바람 속에다 외치다 바람이 태환이형을 가져간다

　아버님 제일 돌아오다
　"당신 참 나랑 사니라고 애썼구면" "세상 사는 일이
금방이여" 돌아가시기 전 어머님 보시며 일생을 정리
하시던 쉬운 말씀들 문득문득 떠오르다 혼자 터벅터벅
걸어 아버님 산소에 가다 소나무 가지 위의 눈들 하얗
게 떨어져 날리며 눈가루 내 얼굴에 차게 닿다 솔밭
아래 푸른 솔가지 끊어져 눈밭 위에 파랗게 질린 채
흩어져 있고 아기진달래 꽃망울 조금 커 보인다 춘란
꽃대 눈 위로 나오다

떼강도 떼로 날뛰다

강추위 가고 전주에서 민해 온 날 민세 포경수술하
고 "아빠 아파" 울며 전화하다

아침 느티나무 실가지마다 하얀 성에꽃 피고 어쩌다
일어선 풀잎들도 하얀 꽃 뒤집어쓰다 까치 울고 눈 위
에 눈 또 펄펄 내리다 우두커니 서서 내리는 눈송이들
하염없이 보다 '남주형 여그 시방 눈 와'
주성이 언 강을 깨우지 못하고 돌멩이들만 얼음 위
에 까맣게 박히다

저 강변 하얀 눈밭 위의 눈부신 햇살 주성이 발자국
마다 그늘 고이다.

저 강변 잔디 위의 고운 햇살 3

길고 지루한 방학 끝나다. 날마다 오르내리던 앞산,
잠 못 들던 길고 깊은 밤들, 답답하고 쿡쿡 쑤시고 애
리던 내 뱃속, 새벽에 깨어나 물소리를 따르지 못해
안간힘으로 생각을 모으던, 그러나 흩어질 대로 흩어
진 마음으로 밖에 나가서 보던 새벽 별들.

학교길 주성이와 둘이서 하얗게 깔린 서리밭을 밟으
며 말없이 걷다. 같이 걷다 보면 내가 앞서게 되어 자
꾸 뒤돌아다보며 빨리 와 주성아, 빨리 오랑게. 주성
이 얼른 뛰어와 내 뒤 바짝 따르다가 또 벌어지다. 퇴
근 무렵이면 발밑 땅의 촉감이 부드러워지고 어디서
개구리들 울다. 개구리 울음소리 가만가만 찾아가보면
가만히 울음 멈추고 나도 몸 낮추고 숨죽이면 개구리
들 또 울다. 그 이튿날 개구리 울던 곳에 가보면 까만
사마귀만한 개구리알들 살얼음 속에 갇혀 있다. 아주
멀고 먼 데서 봄이 오는 소리 듣다. 아, 내 뱃속 어디
선가도 파란 봄이 올까. 고개 들어 먼 산빛 이마에 시

리게 닿고 마른 가랑잎 소리 들리다. 늘 홀로 걷다.

설 돌아오다. 강풍 폭설 속에 귀성 전쟁 시작되다. 서울 떠난 둘째아우 저녁 내내 어머니 애간장 다 녹이더니 스무 시간 만에 드디어 귀성하다. 내 뱃속 눈보라처럼 소란스럽고 부글거리며 대중없다. 동생들 눈보라 뚫고 속속 마루 불빛 아래에 들다. 설날 일직하다. 하루 종일 누워 지내다. 저녁 내내 통증에 시달리고 동네 곳곳 집집이 고스톱판 포커판 밤새우다. 마당 곳곳 하얀 눈 위에 노란 오줌자국들 깊이 패이다. 사람들 속속 귀경 전쟁에 참여하다. 쓰레기더미 남고 전화세 처지고 빨랫거리만 남다. 마을 텅 비고 썰렁한 밤바람 소리 윙윙거리다. 아내랑 집 치우고 눈속에 푹푹 빠지며 앞산을 오르다. 사진 찍어주고 솔숲 아래 흰눈 위에서 입맞추다 둘이 웃다. 하얀 눈가루 쏟아지다. 아내 모습 서서히 지워지고 서서히 드러나다. 아내 그 속에서 희미하게 웃다.

아내 마지막으로 동네 떠나고 위통으로 잠 못 들다. 잠이 들 새벽녘쯤 전화벨소리 요란하게 적막을 깨뜨리다. 벌떡 일어나 더듬더듬 수화기 집으러 가는 손길 따라 남주형 생각 따라오다. 남일이 목소리 들리다. 남주형 새벽 두시 삼십분에 죽었단다. 어머님 놀라 내 방에 들어와 불 켜시다. 웅크리고 누워 있다가 어머님이 끓여주신 누룽지 먹다. 닭이 울다. 누룽지국물 입으로 떠넣으며 울다. 어깨 들먹이며 누룽지 삼키다. 어머님 말없이 나가시다. 먼 남쪽나라 고정희 무덤 앞 동네 남주형네 집 앞 푸른 보리밭 보릿잎 출렁이고 그 속에 남주형 서서 웃다. 아침에 아내에게서 남주형 죽었다는 전화 오다. 말없이 전화 끊다.

시인만이 패배할 수 있다
시인만이 패배를 노래할 수 있다
그와 연애를 거부한 세계는 일손을 놓고 들으라

인간만이 갈 수 있는 가장 정직한 길
아름다운 인간의 길을 갔던 사람
물에도 들키지 않고
물 위를 갔던
가장 가벼웠던 사람 외로운 예수처럼
그는 온몸으로 어둠을 뚫고
쇳물처럼 지구의 길을 갔다
인간의 길
시인의 길을 갔다

시를 인간의 길을 포기하지 말자
시가 죽으면 세계가 죽는다

강변 길을 걷다. 바위에 앉아 물을 보다. 남주형 망
월동에다 묻고 영미 큰 키로 학교에 들르다. 강변 길
걷다 하이힐 뒤축 흙에 푹푹 빠지다. 저녁 먹고 서울
소식 잔뜩 내 방에 쏟아붓다. 때로 웃다. 그 이튿날

지우 오다. 지우 지 몸만한 프라이드 타고 순창 가서 점심 먹고 동계면 어치리에 가서 돌무덤 보다. 그 부근 적막한 골짜기에 말을 잊다. 지우도 가다.

봄방학 끝나고 새 학기 되다. 주성이 6학년 올라가고 나 2학년 아홉 명 담임 되다. 우리 동네엔 주성이가 마지막 학생 되다. 동네회관 다시 불 켜지고 할머니들 모여들어 밤을 밝히다. 새벽 운동길에서 회관 문 나서는 할머니들 만나다. 태환이형 울산으로 막일 가고 밤이면 주성이 엄마더러 못자리도 하고 눕 얻어 논도 갈아라는 전화 남의 집에 가서 받다.

아내 남주형 이야기 한마디도 안하다. 저 강변 위에 푸른 기운 돌다. 그 푸른 기운 위에 떨어지는 고운 햇살 눈 못 뜨게 톡톡 튀다. 길가 느티나무 실가지에 잎 끝 보이다. 아, 내 몸 봄 삭정이같이 마르고 내 얼굴 나무판자같이 딱딱하게 굳다. 겁나고 무섭다.

나무야

하늘아

별들아

산아 물아

어둔 들을 건너는 바람아

어둔 밤 네 몸 아래

무릎을 세워 내 몸을 다 묻고

어둠을 향해

네 뿌리 끝같이

퍼런 눈을 힘껏 뜬다

나무야

하늘아 별들아

산아 물아

어둔 들을 건너가는

밤바람아

남주형, 남주형이 죽었단다

주성이 혼자 봄 강변에서 놀다가 염소 가지고 심심
하게 집에 가다. 나 강물을 따라 날마다 혼자 석양에
걷다. 이 물을 따라가면 광웅이형님도 남주형도 만날
수 있을까. 물 가까이 물을 따라 걸으며 물소리 듣다
가 생각의 끝에선 항상 남주형 떠오르다. 문득 먼 산
보다. 마른 가랑잎 소리 새소리 어제 듣던 물소리 새
물소리. 문득 걷던 길 돌아보다.

「봄 편지」 시 쓰다

　봄비 지나간 강길을 걸으며
　당신의 봄 편지를 읽습니다
　당신의 말들이
　사방에서 쑥처럼 풀잎처럼
　반짝반짝 돋아나고
　당신께 드릴 내 말들이

문득문득 봄나비처럼 날아오릅니다

봄비 지나간 강길을 걸으며
당신의 편지를 다 읽고
저문 산에 기대어 걸어온 길을 봅니다
핏줄같이 푸르게 살아나는 봄길
그 길 끝에 서서
웃고 서 있는 당신

꽃 피고 잎 피고 봄 오고 나 병가 내고 전주에서 길
게 눕다. 아, 말이 되지 않는 꽃들이 마구 내 꿈을 어
지럽히다. 캄캄 밤 홀로 깨어 캄캄한 어둠을 보다. 주
성이 혼자 그 먼 학교길을 가방 메고 걷겠지. 외로운
주성이.

봄 강변엔 시방 온통 꽃이겠네
오락가락 흰나비 강을 날겠네.

또 ?

또
새시대다
또 새시대여
또 새시대가 왔당게
또 새시대가 왔어
새시대가 와부렀당게
변화와 개혁을 앞세우고 성역 없이
혁명적으로
또
신시대가 와부렀당만

그것이 뭣이여
고것이 뭣이냐
긍게 아 그것이 뭣이간디
대처나 고 작것이 무신 잡것이간디
고것이 올 때마다
아무리 둘러보고 뛰어보아도

이 산 저 산 이 물 저 물 앞내 뒷내 다 들여다봐도
이 논 저 논 자갈논까지 다 파봐도
아무리 보리타작 콩타작을 혀봐도
아, 고 잡것이 대관절 어치게 생겼간디,
우리 동네엔 코빼기도 안 보인다냐
이제나저제나 저기 임실 모래재나
순창 갈재나 고개 고개 고개마다
삼사오공 육공 고개마다
고개가 쭉 늘어지게 기다려도
아, 글씨 고 잡것이 뭣이간디
이 산 저 산에 회문산 꼭대기에 걸려서
이 산 저 산 회문산을 넘지 못허고
오늘날 이 땅 저기 장군봉에 뜬구름만 하늘을 막고
오락가락 헛손질이다냐

큰일나부렀다
새시대도 여그까장은 아니 오고

신갱제도 여그까장은 너무 멀고
소낙비도 아니 오고
늙고 곯고 병든 몸으로 어쩐다냐
이리 뛰다 넘어지고
저리 뛰다 자빠지고
건너뛰다 꼬꾸라지고
밍기적거리다 처박히고
미끈덕 철부덕 아이구매 코빼기야
지근덕 철부덕 아이고 허리야
저 논은 언제나 물을 잡고
저놈의 논은 언제나 노타리 치고
저놈의 논에 쓰러진 보리는 언제나 베어 턴다냐
불이나 확 싸질러불까 저놈의 보리밭
야이, 염병 3년에 땀도 못 나고
뒈질 놈들아
뜬구름만 잡지 말고
저 갱변에 뛰는 소나 잡아 매고

저 하늘에 비구름이나 잡아 오니라

고통을 나누자니

평생 고통받으며 산 사람과

평생 호의호식하며 산 사람이

어치고 똑같이 고통을 둘로 나눈다냐

신갱제

신한국은

수매가 동결이 신농민 갱제다냐

뭣여, 농민 인구를 더 줄여야 헌다고?

더 죽여야 헌다고?

야이, 때려죽일 놈들아

죽어부러라는 소리겄지, 그러겄지

그러다 저러다 뒈져부러라는 소리겄지

저것 좀 보소 사람들아

산꿩은 슬피 울며 묵정밭에서

땅을 차며 솟구치고

저 뻐꾸기는

이 산 저 산에 이 산 저 산 날며 울어대고
비가 온다고
마른하늘에 비가 온다고
청개구리는 오동잎 감잎 위에서
와글와글 와글거린다
어쩐다냐
역사적으로 어쩌분다냐
역사한테 맡기면
확실하게
저놈의 논에 물 들어오고
저놈의 논에 보리가 베어진다냐
어쩐다냐
또
새시대가 와부렀다는디
우리는 맨날 새시대 때문에
환장허며 살았는디
어쩐다냐

새시대가 사람잡는 시대였는디

또

그 시댄가 모르겠구나

또

새시대가 와부렀다는디

저 묵정밭에 망초꽃은

허옇게 히야다지고

이내 맘은

발보다 맘이 먼저 뛰고

맘은 가는디 발은 허방이구나

올해도

또

저 윗논이 묵겄구나 올해도

또

저 윗밭이 쑥대밭 되겄구나

역사적으로 신한국 신갱제적으로 학실히 묵겄구나

어디 왔다냐

어디까장 왔다냐 새시대가 어디만큼 와부렀다냐
구두 신고 발 긁기다고?
토사구팽이다고?
나는 그래도 깨깟허다고?
누가 나에게 돌팍을 던지냐고?
참말로 토사 보신탕이고
진짜로 구두 신고 발등 긁기구나

또
새시대가 와부렀다는디
근디, 시방, 그렇게, 우리 꼬라지가 변헌 게 뭣이여
또 저그들만 새시대 혀불랑가 모르겠다
또 왔단다
절대 또 왔단다
또 왔단다
또 와부렀단다
또 ······

또 ……

또 ……

또 또 또 또 또 또 또 새시대가 신한국적으로
와부렀단다

또 ?

재붕이네 집에 봉숭아꽃 피었네

재붕이네 집 마당에 봉숭아꽃 피어부렀네
두엄더미 옆 닭장에 꼬끼오 낮닭이 울고
시커멓게 끄을린 처마 밑도 환하게
재붕이네 집 마당에
저절로 자란 봉숭아꽃 피어부렀어
재붕이네 아부지 조합에 갔다 오며 술 마시고
신갱제가 뭐꼬
신갱제가 뭐꼬
고래고래 고함지르다
네 활개로 잠든 사이
어매, 봉숭아꽃만
아, 겁나게 피어부렀당게.

마을이 사라진다

아아, 밤도 이제 깊을 대로 깊었다

삼십 명의 장정들과
삼십 명의 아낙네들이
삼십 채의 지붕 아래 사람들을 거느리고
천년을 살았던 마을에
다섯 명의 노인 내외와
홀로 사는 몇명의 할머니들의 밤은
이 세상에서 얼마나 깊고 깊은가
버림받은 빈집과 빈집 터
묵은 논과 밭 사이로
달이 지나가며 달빛을 뿌린다
적막을 견디지 못해 개가 컹컹 짖고
소쩍새 한 마리가 울음을 터뜨리며
제 울음에 제가 놀랐는지
울음소리가 떨린다

초저녁 달도 서산 너머로 가버리고
밤은 깊을 대로 깊어
강물이 소리없이 어둔 산그늘로 숨는다
올해는 어떤 논이 묵는가
올해는 어떤 논에 모를 못 내는가
올라가다 올라가다
저 산골짜기까지 올라가다
힘이 부친 백발 노인들이
빈 논에 주저앉아 아득하고
몇마지기 산속 밭은
산이 잡아먹어 갈 수 없는 논이 되었다

삼십 명의 장정과
삼십 명의 아낙네들과 그 식구들이
어기여차 살며
저 산꼭대기 논에서
저 강변 논까지

모를 다 내고
하얀 달빛을 밟으며
달빛 속에 웃음을 싣고
징검다리 물소리에 웃음소리들을 보태며
개구리 우는 논길을 돌아올 때도 있었다

밤은 깊을 대로 깊어간다
이 세상에 버림받은
한 마을이 산속으로
사라지고 있다
이 세상에서 지워지고 있다
아아, 밤도 이제 깊을 대로 깊었다.

아, 전주천, 행복한 어느날

오늘 전주 가서

양형식내과에서 약 타가지고

전주백화점에 들러 우리 동네 사진 찾고

코오롱스포츠 5층 선경이한테 가서

이리 도현이에게 내 시

「모악은 모악이다 2」 팩스로 자랑하고

민세 민해랑 아내랑 선경이랑

명동사우나 앞 양지식당에서

민세 민해는 무 넣은 쇠고기국

한 그릇으로 둘이 나누어 먹고

우리 셋은 시래기국 먹었다

아 참, 아까 코오롱스포츠 5층에서

광웅이형님 생각, 이야기도 했었다

민세 민해 잘 먹고 나도 선경이도 잘 먹는데

아내는 "이것이 맛있어요?" 한다

밥값 만이천원 주고 껌 다섯 개 받아 씹으며

선경이는 "잘 먹었어요" 집에 가고

우리 넷은 천천히 천변으로 나갔다

와, 물 봐라

신호등 따라 건너

예수병원 가는 다리 옆 계단으로 내려

우리는 물가에 갔다

거기 옛날의 빨래터엔 맑은 물이 샘솟고

아내는 빨래터 보며 시골 가고 싶다고 한다

아, 그리운 내 고향 진메의 산천이여!

눈물이 날 것 같다 지금쯤 느티나무에선 소쩍새 울
고

어머니 혼자 계시겠지

옛날 천변도로 지날 때 빨래하던 모습만 봐도

기분이 좋았었다고 맘이 설레었다고

아내는 빨래터에 서서 몇번이고 이야기한다

아내랑 나랑은 가벼이 손잡고

내 가방이 무겁다며 같이 한쪽 끈씩 들고

걷는다 우리 진메 강변인 양

내 가방 속에는 내 시와 박노해 시집이
들어 있다 그리고 우리 동네
소쩍새 찾아오는 느티나무 사진이랑

어제는 비가 많이 왔지
차들이 물에 잠기고 떠내려가고
아, 이렇게 맑은 물도 전주천에
빨리빨리 흐르는구나
불빛들이 어른거리고
앞서간 민세 민해는 검은 모습으로
해 저문 강변의 송아지들처럼
이리 뛰고 저리 뛰며 깔깔거린다
나는 아내에게 가방 맡기고
물에 씻긴 이쁜 돌들을 줍는다
민해는 저만큼 앞서가며
오빠! 아빠! 엄마! 크게 부른다
처갓집 가는 길 쌍다리까지 천천히

걷는 동안

날은 어두워진다

사람들이 이른 저녁 먹고 물가에 앉아

발도 씻고 손도 씻는다

고등학생 두엇이 물을 따라 집에 간다

아, 행복한 날

행복한 모습 행복한 전주천이여!

우리 살고 싶은 모습이

끝내는 저런 모양이 아니더냐

쌍다리 건너까지 가며 아내는

사람들이 전주천에 발을 다 씻다니

발을 다 씻다니 감탄한다

나는 쌍다리에 도착할 때까지

민해에게 돌 하나

민세에게 돌 하나

나는 큰 돌멩이 한 개씩 들었다

수박 칠천오백원 주고 사들고

어은골 이층집 처갓집에서
전주천이 깨끗하다고
전주천이 깨끗하다고
이쁜 처제들과 놀다
효자동 독도해물탕 가는 길 우리 집에 택시 타고 간
다
택시 안에 앉으며
아 오늘은 행복한 날이었다
행복한 날이었어 모두 말하고
모두 그렇게 생각했다 내 고향 강변을 그리워하며
전주천!
전주천에 발을 담그고 씻다니
어느 때
어느 시절에
내 아이들이 발가벗고 고기 쫓으며
전주천에 목욕할 때가 있을까
그런 시대가 올까

더러운 때가

더러운 것들이 맑게 개인

전주천에서 내 아내가

빨래를 짜 흔들어 헹굴 때가 있을까

꿈같이 행복했던 날이여

깨끗하게 흐르는 물 같은 오늘이여

예수병원 가는 다리 아래

자동차 빌딩들의 불빛이 휘황하다

휘황하다

곧, 곧 또 고기들도 사람들도 쫓겨간 썩은 물이 흐
르겠지

전주천이여!

가을 밤

달빛이 하얗게 쏟아지는
가을 밤에
달빛을 밟으며
마을 밖으로 걸어나가보았느냐
세상은 잠이 들고
지푸라기들만
찬 서리에 반짝이는
적막한 들판에
아득히 서보았느냐
달빛 아래 산들은
빚진 아버지처럼
까맣게 앉아 있고
저 멀리 강물이 반짝인다
까만 산속
집들은 보이지 않고
담뱃불처럼
불빛만 깜박이다

하나 둘 꺼져가면
이 세상엔 달빛뿐인
가을 밤에
모든 걸 다 잃어버린
들판이
들판 가득 흐느껴
달빛으로 제 가슴을 적시는
우리나라 서러운 가을 들판을
너는 보았느냐.

제 4 부

봉곡사 가서 죽다

거창에 가서
우연히 봉곡사 찾아간다
끝이지, 하면 또 나타나고
끝났지, 하면 또 돌아가는
황톳길 따라가다
가랑비 내리는
적막한 절마당 지나
네모 반듯 장판방에서
묘정 스님께 절하며
등 뒤에 가랑비 소리로
깜박 죽었다 깜박 깨어난다
생전 처음 보고
생전 처음 절하는 스님
내 걸어온 길 저 굽이
달맞이꽃 노랗게 입 다물고 눈 감은 길
지워주소서
내 캄캄하게 길 찾아갈라요

처음인 듯
문을 열고 이 세상에 나갈라요.

옥상에게

네가 그린 저 논두렁 많은
산골짜기 곡식과 풀잎들은
성난 것처럼 푸르고
그런 네 그림들을 바라보고 있으면
나는 눈물이 난다
네 눈물 내 눈물은
농사꾼인 우리 아부지 어머니 눈물이겠지만
우리들의 눈물은 가문 논에 물이 되지 않고
불이 되고
불은 산에서부터 시작되지만
분노는 논에 있고
불은 풀잎에서 붙지만
불은 뿌리에서부터 시작된다
그걸 나도 안다
그런 생각을 하며 전주 갈 때
대성동 앞길 지나다 고개 돌리면
너 없는 저 골짜기는 망초꽃만 하얗게 쓸쓸하다

124

저녁밥을 배불리 먹고
이따금 소쩍새 우는 검은 앞산 아래 쭈그려앉아
똥 누면 네 생각 난다
네가 저 검은 앞산 속에 불을 환하게 켤 것만 같고
이 골짜기 저 골짜기 농부들을 깨워
햇불을 들고
찬 이슬 털며 웅성웅성
논두렁길을 걸어나올 것만 같다.

모악은 모악이다 1

진달래 피어오르는
모악을 올라가며 보라
모악이 언제
제 스스로 모악이라 하더냐
그리하여 모악은 모악이 아니더냐
닥치거라
제 살을 허물어
사람을 키우지 않고
제 피를 흘려
풀뿌리를 적시지 않고
어찌 모악이
모악이겠느냐
눈 덮인 모악을 넘어
세상을 이기러 가던 사람들이
있었다
그들의 발자욱마다
늦게 눈이 녹고

올해도 핏빛 진달래는

눈부시게 나부낀다

떨어지는 진달래 꽃잎을 밟으며

모악을 내려와서

모악을 올려다보라

모악이 언제

제 스스로 모악이라 하더냐

다만 제 살과 제 피를

사방으로 조용히 흘려주고

흙 묻은 꽃잎을 주워 먹으며

세상을 이기러 간 사람들을 기다린다

그리하여 모악이

모악 아니더냐.

밥   줄

화이고매
저런 쌔려쥑일 인사들이
시방까지 살아 큰소리치며
이 나라 하루 세 끼
아까운 밥을 쥑이네
저 더러운 손으로
저 더러운 입으로
우리 어매 피땀어린 삼시 세 끼
밥을 쥑이네 하얀 밥을 쥑여
저런 쥑일놈들이
저 밥이 어떤 밥이간디
아깐 밥 편히 묵고 앉아
함부로 남의 밥줄을 끊네.

겁나는 집

대낮에도
고샅에서는
거미줄이 얼굴에 걸린다
사람이 사는 집인가
비어 있는 집인가
대낮에도 썰렁한 냉기가 돌고
마당에 풀들이 우북우북 자랐다
장독대엔 이끼가
빈집처럼 파랗게 자라는 집
할머니! 할머니! 불러서
대답이 없으면
죽었다냐 혼자 돌아가셔버렸다냐
자꾸 부르다가 보면
겁이 나는 집.

심심한 하루

배추 뽑고 무 뽑고
빈터에 마늘 갈고 짚 덮으니
비 온다 비 온다 비가 와
웬놈의 겨울비가 이리도 자주 온다냐
사람들 소리 하나도 들리지 않고
노란 짚에
후두두후두두
빗소리 시끄럽다

빈 마루에 심심하게 서서
닭이 울고
심심한 겨울산 바라본다
텅 빈 길 하나가 산속으로 가다
어디로 가버리고
모두 서서 비 맞는다
주머니에 손 찌르고 서서
산도 나무도 강도 논도 밭도

모두 심심하게 비 맞는다

봄비 오면 따뜻해지고
가을비 오면 추워진다는디
내일부터는 추울랑가
이 비가 눈으로 바뀔랑가
길이란 길엔 사람 하나 안 지나고
아, 세상이 다 심심하게 비 맞는다
이 심심하디심심한 가을비 하루.

당숙모네 집

비가 오면 새는
조금은 기울어진
산 아래 제일 윗집
밤이 되면 먼 데서는 불빛만 빤닥이는 집
아들 딸 서울로 다 가고
늙으신 당숙과 당숙모가
다 늙도록
둘이서 오래오래 사는 집
조금은 기울어져서
기둥을 받쳐놓은 집
밤이 깊으면 산속에서 불빛만 보이다가
불이 꺼지면
얼른 산이 가져가버리는 아주 작은 집
어쩌다가 쪽마루에 누워 천장을 보면
어메! 하늘이 파랗게 보인당게
조금은 기울어져서 슬픈
우리 당숙모네 집

문틈으로 함박눈 내리면
서울 간 아들딸들이
혹시나 혹시나 기다려지는
우리 당숙모네 집.

불   밥

김제 만경들판에서
불타는 보리밭을 보았느냐
이리저리 쓰러지고 넘어지고
드러눕고 주저앉고 목 부러진 보리밭에
미친 듯 울부짖으며
불을 지르는
우리 아버지의 피와 땀과 살이 타는
저 이글거리는 들판을 보았느냐
훌훌 뛰랴
뜨거운 땅에 주저앉아 땅을 치랴
이리저리 넘어지고 쓰러지며
툭툭 속살이 하얗게 튀어나와
꺼멓게 숯이 되는 보리알처럼
저 뜨거운 몸부림으로 뒹구랴

보았느냐
불타는 김제 만경들판을 보았느냐

물로도 비로도 끌 수 없는
땅불을 보았느냐
보릿대같이 메마른 내 가슴에 불을 지르랴
저 뜨거운 땅, 흙으로 내 가슴을 지지랴
이 시퍼런 낫으로 땅을 찍으며 봉준이처럼 울부짖으
랴
숨을 곳도 없이 들을 메우고 내리쬐는
저 햇살 가득한 허공을 낫질하랴
저 태양을 찍으랴

김제 만경들판에서
불타는 보리밭을 보았느냐
불타는 저 들판을 보며
밥숟갈이 우리들의 입으로 들어간다 하얀 밥이
눈물의 밥
처절한 분노의 밥 통곡의 밥
뜨거운 불밥이.

오늘 하루 집에 있었다

오늘 하루 집에 있었다.

아침에 느지막하게 잠 깨 이불속에서 민세 민해랑 장난하고 놀다가 마루에 나가 앞산 단풍 보며 "하따 나, 저 단풍 좀 봐라. 불났다 불났어."

세수하고 밥 먹고 아내는 냇가로 일찌감치 빨래 가고 나는 물 뿌려 마당을 쓸고 나서 냇가에 가서 아내 빨래통 이고 와 탈탈 털어 빨래 널고 어머님은 강 건너 마지막 굵은 콩 거두러 가시고 나는 방에서 놀다가 어머님이 강 건너에서 "용태가아! 용태가아!" 불러 "예! 가요" 콩동 짊어다가 냇가 바위에다가 콩동 기대어 세워놓고 속빨래가 삶아지는 동안 아내랑 나랑은 방에서 이 얘기 저 얘기 하고 아이들은 가을 햇살 속에서 놀다가 교회차 오니 민해는 이만큼 코 물고 교회에 가버리고 어머님은 텃밭에서 배추속 뽑아 한수형님네 집에 밥 잡수러 가시고 아내랑 나랑은 라면 먹고 호젓이, 참으로 오랜만에 조용하고 오붓하고 호젓하게 앉아서 앞산 뒷산 당산나무 단풍물 곱다며 커피 들고

나서 아내 이불 꿰매는 데서 이리저리 호청귀 맞춰주
고 나는 내 방에 누워 이 일 저 일 생각하다 써놓은
시 보고 있으니 아내가 이불 다 꿰매고 내 옆에 눕길
래 내가 시 읽어주니 좋다고 하고 날이 저물었는데 어
머님은 경운기 타고 당숙이랑 고춧가루 찧어가지고 오
시고 나는 논배미에서 동네 아이들이랑 해 넘어가는지
모르고 공 차다가 민해가 울길래 민해 업어다 얼른 집
에다 두고 다시 공 차다 어둑어둑 공이 잘 안 보여서
집에 오니 아내가 어둑어둑한 마당귀에서 민세 양말
한짝 없어졌다고 이곳 저곳 기웃거리길래 "냇물에서
떠내려간 것 아니여" 했더니 아니다며 찾고 나는 민세
민해 머리 감기고 몸 씻겨주고 났더니 그때까지 아내
가 어둔 얼굴로 마루를 왔다갔다하며 "어디 갔을까?
어디 갔을까?" 하며 양말을 찾다가 "찾았다!" 큰 소
리 치며 민세 양말 한짝 얼굴에 대롱거리며 희색이 만
면하길래 나까지 너무 좋아서 아주 환하게 웃다 아이
들도 덩달아 웃다.

　오늘 하루 집에 있었다.

이 바쁜 때 웬 설사

소낙비는 오지요
소는 뛰지요
바작에 풀은 허물어지지요
설사는 났지요
허리끈은 안 풀어지지요
들판에 사람들은 많지요.

봄 편지

마포 박은숙 아줌마께

안녕하세요

우리 교실 앞 화단에 아주 자그마한 진달래 한 포기
가 있는데 하루가 다르게 꽃망울들이 커갑니다 어쩌다
유리창 너머로 그 꽃나무가 보이면 수업중에도 "아이
구야, 저 진달래꽃 좀 봐라" 하면 아이들이 한꺼번에
고개를 창 밖으로 돌립니다 아이들의 얼굴이 가는 저
앞산에도 봄빛입니다 아주 작고 예쁜 진달래 꽃나무는
나를 자꾸 어딘가로 데려갑니다

내 가난한 책상 위에는 작년에 가르쳤던 아이들이
산수유 노란 꽃을 꺾어다 꽂아두었습니다 봄이 서서히
오는 것이지요 누구든 서서히 봄을 가져옵니다 우리
몰래 강변과 논두렁 산과 밭에는 푸른 풀잎들이 돋고
온갖 봄나물들이 눈이 시리도록 작고 이쁜 꽃들을 피
워냅니다 집에 가고 학교에 오며 쪼그려앉아 자세히
눈 씻고 보아야 보이는 그 꽃들을 나는 너무 좋아합니
다 꽃들과 이야기를 합니다 얼마나 춥디? 견딜 만했

어요. 나도 참 추웠단다. 추울 때 우리 언제 봄을 생각이나 했니?

 아이들이 우루루 들어오네요 아이들은 밖으로 나가고자 환장을 하지요 썩을놈들 되게 말도 안 듣지요 허지만 말 안 듣는 놈이 더 이쁠 때가 있습니다 작년에 가르쳤던 아이들이 쉬는 시간이나 청소 시간에 나를 보면 너무 깜짝깜짝 반가워합니다 나도 너무너무 반가웁고, 우리들이 헤어져 하루를 보냈다는 생각을 새삼스럽게 하곤 합니다 정이 그렇게 무서운가 봐요 작년 아이들이 나만 보면 투덜거립니다 교장선생님께 우겨서 자기들을 가르치지 않았다구요 선생님 생각만 하면 괜히 눈물이 글썽거려진대요 "나는 이 세상에서 혜민이를 제일 좋아한단다. 이런 내 맘 알지?" 그러면 혜민이는 "저도 선생님이 제일 좋아요" 그럽니다 고개를 약간 돌리며 하얗게 웃으며 그럽니다 진짜 서로 좋아하니 세상에 이렇게 좋은 일이 어디 있겠어요 아이들

이 더 떠듭니다 이만 줄일게요 와! 저 진달래꽃 좀
봐요 아까보다 더 피어부렀네요.

무슨 말인가 더 드릴 말이 있어요

오늘 아침부터 눈이 내려
당신이 더 보고 싶은 날입니다
내리는 눈을 보고 있으면
당신이 그리워지고
보고 싶은 마음은 자꾸 눈처럼 불어납니다
바람 한점 없는 눈송이들은
빈 나뭇가지에 가만히 얹히고
돌멩이 위에 살며시 가 앉고
땅에도 가만가만 가서 내립니다
나도 그렇게 당신에게 가 닿고 싶어요

아침부터 눈이 와
내리는 눈송이들을 따라가보며
당신이 더 그리운 날
그리움처럼 가만가만 쌓이는
눈송이들을 보며
뭔가, 무슨 말인가 더 정다운 말을

드리고 싶은데
자꾸 불어나는 눈 때문에
그 말이 자꾸 막힙니다.

노   래

시인아

노래 잃은 시인아

가을 달빛 아래 고요와 적막을 본 시인아

거기 무엇이 있더냐

떠나지 않은 것 하나 없는

빈 들판에

달은 높고

달빛은 차다

네 그림자를 거두며 돌아가야 할 땅은

산 뒤처럼 어둡고

찬 서리만 하얗구나

시인아

언 달빛을 차며

역사의 벼랑 끝에서 피로 외쳐 땅을 덥히던

너의 노래는 다 식었느냐

강물이 되어 흘러가버렸느냐

울지 마라 시인아

노래를 잃어버린 시인의 빈 가슴에
달빛뿐일지라도 울지 마라
달빛 아래 갈대처럼
속으로 울어보지 않은 삶이 있다더냐
쓰러져보지 않은 역사가 있었더냐
네가 울면 세상이 다 울고
네가 웃으면 세상이 웃지 않았더냐
네 노래는 만물을 대지 위에 불러 세우고
네 가슴에선 만물이 온기 받아 살아난다
저 들판 끝에서 울리는
네 발소리를 잊었더냐
저 산정 끝에서 들리던
네 숨소리를 그새 잊었느냐

시인아
애초에 아무것도 가진 게 없었으니
끝까지 노래만 남는다

달이 두고 간 새벽 어둠 속에서
외로움과 절망의 끝을 본 시인아
노래가 끊어진 자리에서도
노래는 태어나 세상을 깨우나니
시인아
아침을 두려워하는 것들이 어찌
노래 잃은 시인의 눈빛뿐이겠느냐
노래하라
서리 하얗게 깔린 새벽
김 나는 빈 들판처럼
입김을 하얗게 뿜으며 노래하라
세월은 갈지라도
노래는 끝이 없고
땅도, 네가 디딘 땅도
영원할지니
다 버리고 다 얻는
저 새벽같이 노래하라.

시와 절창

이 동 순

입시문제 출제 때문에 돌연히 감금되어 거의 보름 동안
이나 어처구니없이 바깥 세상을 그리워하다가 풀려났다.
바깥 세상이 이렇게도 아름다울 줄이야. 밤인지 낮인지
분간이 잘 안 되는 시간 속에서 가슴이 답답할 때면 환기
구멍에 코를 대고 바깥 공기를 깊이 들이마시기도 했었
다.

문과대학 교수휴게실로 올라가서 먼저 우편함을 열어보
니 창비시선 130번으로 발간될 김용택 시집의 원고가 여
러 날 전에 도착해 있다. 한보따리나 되는 우편물을 안고
연구동 7층의 사무실로 올라가니 전화에는 또 발문의 원
고를 독촉하는 여러 통의 전화가 녹음이 되어 있었다. 나
는 봉투를 뜯어서 시집 원고부터 열어본다. 제목은 『강
같은 세월』. 시집 첫머리에 '이 세상에 가장 아름다운 사
람, 좋은 시인이었던 고(故) 이광웅, 김남주 두 분께 바
칩니다'라는 헌사가 눈에 띈다.

나는 교정본을 복사한 시집 원고를 손에 든 채로 창밖
을 물끄러미 내다본다. 불타는 듯한 경산(慶山)의 낙조가

147

서쪽 하늘을 붉게 물들이고 있다. 그 불그레한 저녁 하늘을 바라보며 나는 세 사람의 얼굴을 떠올린다. 이광웅, 김남주 그리고 김용택이 그들이다. 지금은 고인이 된 두 사람의 얼굴은 하늘에서 빙그레 웃고 있는데, 김용택의 얼굴은 왠지 수심으로 가득하고 온갖 서러움을 담뿍 머금은 아이처럼 곧 울음보가 터질 듯한 얼굴이다. 나는 우선 시집 원고부터 매우 빠른 속도로 읽어내려갔다.

1980년대 중반 어느 해 봄이던가. 충남 부여시 동남리에 있는 신동엽 시인의 시비 앞에서 그를 기리는 추모행사가 열린 적이 있었다. 서울에서 버스를 대절하여 한떼의 문인들이 내려왔고, 전주·광주·대구 쪽에서도 올라온 문인들이 있었는데, 그때 나는 충북 청주에서 한 사람의 제자를 데리고 갔었다. 나는 거기서 군산에서 올라왔다는, 얼굴이 유난히 해맑고 눈빛이 매우 깨끗하며 곱슬머리에 말수가 적으면서 매우 차분한 느낌을 주는 한 시인을 만났다. 그가 이광웅 시인이었다. 우리는 은근한 눈웃음으로 인사를 주고받았고, 부여 근교의 백제 궁궐터에서도 차를 내려 함께 걸어가며 여러가지 이야기를 나누었다. 황사 바람이 불어오는 부여의 들판을 나보다 약간 앞서서 허리를 구부정하게 숙이고 천천히 걸어가던 이광웅 시인의 그날 모습이 지금 유난히도 또렷하게 가슴에 와 닿는다.

1989년 2월로 기억된다. 나는 광화문을 바라보면서 동아일보사 앞을 고은·정희성·김남주 시인과 함께 걸어가고 있었다. 우리는 어느 출판사에서 기획한 시선집 시리

즈에 대한 의논 때문에 만났는데, 그 무렵 김남주 시인은 오랜 옥중생활에서 벗어나와 그렇게도 그리던 바깥 세상의 햇빛을 보게 된 지 얼마 지나지 않은 때였다. 그는 나와 어깨를 나란히하고 길을 걸어가면서 "이형, 보잘것없는 내 작품을 평론으로 써주어서 참 송구스럽소"라고 말했다. 내가 바로 그해에 김남주의 시작품에 관한 한 편의 평론을 써서 어느 신문에 늦깎이로 데뷔라는 것을 했을 때였다.

그로부터 수년 뒤 이른바 문민정부가 들어서고 한창 '개혁'이라는 말이 도처에서 들먹거려질 때였다. 창작과비평사의 편집실에서 다시 김남주 시인과 상봉하게 되었는데, 그는 소파에 몸을 비스듬히 묻고 몹시 피곤해 보이는 얼굴이었다. "이형, 이제 나 좆돼부렀소. 어디 시집이 팔려야 먹고 살제. 이젠 내 시집이 잘 팔리기 위해서라도 독재정권이 다시 와야 쓰겠소."이런 농담을 던지며 쓸쓸히 웃음짓던 그의 표정이 새삼스럽다.

나는 김용택 시인과는 만날 기회를 그리 자주 갖지 못했다. 어쩌다 서울에서 무슨 큰 행사가 있을 때 우연히 만나는 것이 고작이요, 내가 그를 찾아간 적이 없었고 그도 나를 찾아온 적이 없었다. 그러나 나는 마음속으로 그를 몹시 친근한 혈족처럼 생각한다. 왜냐하면 우리는 피차가 서울로 옮겨가지 아니하고 지역에서 줄곧 거주해왔을 뿐만 아니라, 그도 순창농림고를 나왔고 나 또한 대구농림고를 나왔다는 공통점이 있다. 게다가 그동안 써오는 시적 관심도 어떤 면에서 유사한 점이 있기 때문이다. 이런 연유로 해서 나는 그간 그의 대표작이자 데뷔작이기도 한 「섬진강」 시편들을 눈물겨움과 경탄으로 즐겨 읽어온 그의 고정 독자 중의 한 사람이다. 그래서 '김용택' 하면 우선 내 가까운 친척이나 친구처럼 생각하게 되는 것이다.

이런 김용택과 하룻밤을 동숙한 적이 있는데 그것은 서울 세곡동 안종관형 댁의 지하실 빈관(賓館)에서였다. 그날 오후 나는 내 친구 이시영을 따라서 힐튼호텔의 커피숍으로 가게 되었다. 그 자리에는 안종관형 내외분과 정호승 시인, 그리고 시골에서 올라온 김용택과 나를 포함하여 모두 여섯이 있었다. 안종관형의 부인께서 그날 힐튼호텔의 부페식당으로 시골에서 올라온 우리 일행을 불러모아 특별히 저녁을 낸 것이었다. 아무튼 이날 밤 잘 곳이 마땅치 않았던 나는 김용택과 안선생 댁에서 함께 잤으나 다른 유별난 기억은 없다. 밤도 이미 깊었는데다 우리는 그날 밤 안선생이 보여주는 매우 야한 비장(?)의 비디오 테이프를 감상하느라 멀뚱하니 화면만 보고 있었기 때문이다. 우리는 비디오를 보는 도중 간간이 화장실을 들락거렸는데, 강호(江湖)에 소문이 자자한 그 화장실을 여기서 잠시 설명할 필요가 있다. 안선생이 직접 고안해서 만든 이 편리한 도구는 지하실에서 매번 위층의 화장실로 용무를 보러 가기가 번거로운 투숙객들의 불편한 심정을 십분 감안하여 만든 간이 소변기였다. 플라스틱병을 절반으로 자른 것을 피브이씨 파이프에 거꾸로 꽂아서 창문을 통해 바깥 마당으로 길게 뽑아낸 것이었는데 우리 내빈들은 밤새 그것을 수시로 이용하며, 그 도구를 만들어내신 분의 재치있는 발상에 함께 키들거리다 어느틈에 잠이 들고 말았었다.

그날 나는 머리를 짧게 깎은 김용택의 인상이 작품에서 풍겨나던 그것과는 다르게 마치 태권도 사범처럼 매우 다부져 보이고 강단이 있는 맵짠 성품의 시인이라는 느낌을 받았을 뿐이다. 우리는 좀더 친숙해질 만한 어떤 계기를 갖지 못했다.

그러나 이번 시집에 수록된 작품들을 읽고서 나는 김용택 시의 참맛에 완전히 빠져버렸다. 뿐만 아니라 그의 시를 읽어가는 동안 내가 이미 그를 둘도 없는 시의 길동무로서 깊이 사랑하고 있음을 느끼게 되었다. (나의 이 마음처럼 그도 앞으로 나를 사랑하게 되기를 바란다.)

막 잎 피어나는
푸른 나무 아래 지나면
왜 이렇게 그대가 보고 싶고
그리운지
작은 실가지에 바람이라도 불면
왜 이렇게 나는
그대에게 가 닿고 싶은 마음이
간절해지는지
생각에서 돌아서면
다시 생각나고
암만 그대 떠올려도
목이 마르는
이 푸르러지는 나무 아래.

　　　　　　　　──「푸른 나무 1」 전문

거의 완벽한 서정시이다.

정다웠던 두 문단 선배의 죽음을 겪고 그가 그토록 가슴 아파하며, 급기야는 그 충격으로 속병이 나서 몸져 눕기까지 하였다는 사실이 나의 가슴을 저민다. 고인이 된 두 사람과는 생전에 남다른 교분이 있었던 듯이 보인다. 아무리 가까웠던 사람이라 할지라도 일단 생사가 갈린 후에는 마음속의 곡진한 슬픔을 차츰 털어내고 현실로 되돌아와서 냉정과 분별을 찾아야 마땅하거늘, 김용택은 그의 천성적인 품성의 따뜻함과 시인으로서의 여린 마음이 끝내 그 분별을 추스를 수 없었던 모양이다. 아름다울진저, 인간의 마음이여. 시인의 애틋하고도 따스한 눈물이여.

이런 느낌은 「푸른 나무 6」을 읽을 때도 마찬가지이다.

> 눈부시던 들판의 햇빛
> 아, 꿈결처럼 들리던 모내던 소리도 이젠 사라졌다
> 무엇이 남았느냐
> 이제 너는 언제나 홀로 서서
> 들판에 묻힌 옛이야기를 쓸쓸히 더듬는다
> 너의 수많은 가지와 이파리로.
>
> ──「푸른 나무 6」 부분

김용택은 아주 텅 비어버린 농촌 마을에 한 그루의 나무처럼 남아서 그곳을 우두커니 지키고 있는 우리나라의 몇 안 되는 보배로운 시인이다. 조금이라도 재주가 있는 시인이라면 금방 새처럼 농촌을 훌쩍 떠나서 중소도시로, 중소도시를 떠나서 서울로 서울로, 모두들 그들의 고향을 미련없이 버렸던 것이 그동안의 현실이었다. 이렇게 쓸쓸한 농촌을, 이제는 'UR' 태풍이라는 것이 밀어닥쳐서 거

의 다 허물어져버린 농촌을 완전히 거덜내고 산산조각내
어버렸다. 왜정 때는 일본놈들 손에 의해 농촌이 붕괴되
고 말았지만, 해방 후에는 우리 손으로 줄곧 농촌을 유린
하고 속속들이 껍질을 벗겨왔던 것이다. 늙은이만 남아
있는 농촌에서 쓸쓸한 한 마리의 해오라기처럼 망연자실
하게 들판에 서 있는 농민들은 이제 그들의 손에서 아주
농기구를 놓아버렸다. 내가 살고 있는 경북 경산 용성면
일대에도 사정은 꼭같다. 아무도 더이상 보리를 심지 않
고, 벼를 심던 논은 어린 과일나무 묘목을 심은 밭으로
바뀌었다. 이런 밭마저도 생계가 어려워져서 농협이나 기
타 금융기관에 저당잡혀버린 신세가 되었다. 마시느니 독
주요, 토하느니 긴 한숨이다.

  오늘밤에도 나는 달빛에 길게 늘어진 그림자를 질질 끌
고 비틀거리며 불 꺼진 집으로 혼자 터덜터덜 돌아가는
한 마을 주민의 모습을 보았다. 고죽리를 천천히 덮어오
는 저녁 어스름, 마당 가녘에서 나는 개똥을 치우고 마른
고춧대와 옥수숫대를 뽑아 너절한 허섭쓰레기들과 함께
불태우며 그의 뒷모습이 보이지 않을 때까지 지켜보았다.

    바삐 흐르는 저문 물 보면
    괜히 가슴 두근거리며
    하던 일 서둘러지고
    갑자기 그대가 더 보고 싶어집니다
    눈길 끝으로 멀리 물을 따라가보면
    나는 물 따르지 못하고
    저기 가는 먼 물 끝만 봅니다
    바삐바삐 흐르는 저문 물 보면

가을이 깊어지고 세월도 깊어지는지
나는 압니다
오늘도 내 그리움 다 실은
물소리 다 그대에게 갑니다
나는 평생을 그렇게 살며
이 푸른 잎 다 늘리고 다 키웠습니다.
— 「푸른 나무 9」 전문

　워즈워스가 시인으로서 훌륭했던 것은 그가 농촌에서 살며 농민들의 기쁨과 고통, 눈물과 한숨, 의지와 분별을 화안히 그려낸 데 있다. 그리고 다른 무엇보다도 이런 것들을 농민들의 언어로 생생하게 실감나는 분위기로 묘사했다는 점에 있다고 할 것이다.
　시인 김용택의 훌륭함도 바로 이런 사실에 견줄 수 있다고 나는 믿는다. 김용택 시의 훌륭함에 대해서는 이미 최원식·김명인 등 여러 비평가들에 의해 높이 상찬되어진 바 있거니와, 일찍이 1980년대의 우리나라 농민문학에 눈이 번쩍 띄는 신선함과 견고함으로 다가선 시인이라는 평가까지 있었다. 김명인의 지적처럼 그의 시는 실제로 체화된 농민적 정서, 예리한 농촌현실 인식, 그리고 농민형제와 향토에 대한 사랑을 한꺼번에 지니고 있음이 확실하다. 바로 이 점이 김용택 시가 지니고 있는 특유의 힘이기도 하다.
　그리고 그의 시작품이 대체로 성공을 거두고 있는 경우는 긴 형태보다는 오히려 짧은 서정시 계열이다. 그의 시집을 보면 대개 다른 시인의 시집에 비해 부피가 두툼한 편이다. 개별 작품의 경우도 독립된 한 편의 작품이 시집

속에서 10쪽을 훨씬 넘어가는 경우가 자주 있다. 이번 시 집만 하더라도 전체 면수가 150쪽이 넘는다. 이것을 보면 김용택은 가슴속에 하고 싶은 말이 매우 많은 시인이다. 그의 가슴속에는 농민들의 삶에서 풍기는 질박성, 의지, 집념, 아픔, 분노, 정겨움, 고독감, 비애, 눈물, 비탄 따 위가 가득 들어 있다. 이것이 때로는 시작품 속에서 걷잡 을 수 없이 쏟아져나와 한 편의 시적 분위기의 단편소설 을 방불하게 한다. 하지만 이러한 다변과 장광설이 시작 품의 효과로서는 대체로 성과를 거두지 못할 때가 많다. 어찌 하고 싶은 말을 다 쏟아내고 살 수 있으리. 시인은 하고 많은 말 가운데서 가장 핵심되고 정수를 이루는 가 장 최소한의 말만을 골라 거기에 혼을 불어넣는 작업을 하는 사람이다. 시인은 그렇게 살아가도록 운명적으로 이 미 역할이 주어졌다.

김용택의 시에서 가장 뛰어난 수준을 보이는 작품은 이 처럼 대개 짧은 서정시 계열이다. 김명인은 이런 부분마 저도 인텔리적 감상주의와 추상성의 굴레를 벗어나지 못 하고 있다고 호통을 쳐대지만 이는 김용택의 시를 너무 일방적으로 읽은 평가이다. 단형 소품이야말로 김용택이 자신의 진면목을 드러내 보이는 가장 적절한 공간이라는 생각이 든다. 그는 이번 시집에 실린 「저 산 저 물」의 한 대목에서 '산도 한 삼십 년쯤 바라보아야 산이다'라고 말 했다. 이 말처럼 이제 그는 한 삼십 년쯤 시를 매만져와 서 드디어 그의 눈에는 시의 본체가 투명하게 보이게 된 것일까. 이 시의 6행에서 '깨어지면'이라는 대목이 마음에 들지 않는다. 피동형 '〜지면'을 '〜나면'이라는 능동형으 로 바꾸면 어떨까? 둘째연의 1행 '내가'에 따로 행구분을

준 것도 다소 부자연스럽다. 그럼에도 불구하고 이 시는 아주 정갈하고 선연한 느낌을 주는 선시(禪詩)의 풍모를 느끼게 한다. 「강 같은 세월」도 맑고 깨끗하며 아무런 의장을 걸치지 않은 소탈함이 감동을 준다. 가장 사소한 것들이 아름답게 느껴지고, 떠난 것들과 죽은 것들이 강가에 돌아와 편안히 쉬게 되는 시간을 꿈꾸는 「강가에서」의 시세계도 무언가 범상치 않은 시정신이 깃들여 있음을 느끼게 한다. 시 「밥줄」이 주는 서늘하고 섬찟한 노호, 「심심한 하루」에서 느끼는 절대적막, 「당숙모네 집」의 이루 말할 수 없는 쓸쓸함과 처절함…… 이런 것을 느껴오다가 「이 바쁜 때 웬 설사」에 이르러 우리는 너무도 실감나는 일터에서의 한 농민의 코믹한 정경에 웃음을 터뜨리고, 또 눈물겨운 느낌에 빠진다. 참으로 익살스런 생동감이 펄펄 살아있다.

소낙비는 오지요
소는 뛰지요
바작에 풀은 허물어지지요
설사는 났지요
허리끈은 안 풀어지지요
들판에 사람들은 많지요.
———「이 바쁜 때 웬 설사」 전문

이번 시집에서 최고의 백미(白眉)를 가려 뽑으라면 나는 「산벚꽃」과 「가을 밤」을 꼽는 데 주저하지 않겠다. 둘 가운데서 다시 하나를 가려 뽑으라면 대단히 어려운 일이긴 하지만 「산벚꽃」 쪽을 고르겠다.

저 산 너머에 그대 있다면
저 산을 넘어 가보기라도 해볼 틴디
저 산 산그늘 속에
느닷없는 산벚꽃은
웬 꽃이다요

저 물 끝에 그대 있다면
저 물을 따라가보겠는디
저 물은 꽃 보다가 소리 놓치고
저 물소리 저 산허리를 쳐
꽃잎만 하얗게 날리어
흐르는 저기 저 물에 싣네.

                      ──「산벚꽃」전문

  '산그늘 속에 느닷없는 꽃잎' '산허리를 치는 물소리에 하얗게 흩날리는 꽃잎'.
  달리 무슨 군더더기의 부연과 설명을 번잡하게 덧붙일 것인가. 가히 절창(絶唱)이라 아니할 수 없다. 일찍이 전남 강진의 김영랑이 '오—매 단풍 들것네'라는 한마디 탄성을 통해서 시의 절창을 슬쩍 건드린 바가 있거니와, 이제 전북 임실의 후배 시인 김용택이 '느닷없는 산벚꽃은 웬 꽃이다요'라는 반문으로 단번에 절창의 문지방을 넘어서고야 말았다. 시는 이 정도가 되어야 진짜 시라고 할 수 있지 않을까. 「가을 밤」도 절창의 문턱에 들어서고 있는 작품이다. 전자가 아름다움과 애타는 사랑의 격정을 노래한 것이라면 후자는 삶의 슬픔과 서러움, 또는 안타

까움의 극치를 너무도 선연하게 그려내고 있다.

　　달빛이 하얗게 쏟아지는
　　가을 밤에
　　달빛을 밟으며
　　마을 밖으로 걸어 나가보았느냐
　　세상은 잠이 들고
　　지푸라기들만
　　찬 서리에 반짝이는
　　적막한 들판에
　　아득히 서보았느냐
　　달빛 아래 산들은
　　빚진 아버지처럼
　　까맣게 앉아 있고
　　저 멀리 강물이 반짝인다
　　까만 산속
　　집들은 보이지 않고
　　담뱃불처럼
　　불빛만 깜박이다
　　하나둘 꺼져가면
　　이 세상엔 달빛뿐인
　　가을 밤에
　　모든 걸 다 잃어버린
　　들판이
　　들판 가득 흐느껴
　　달빛으로 제 가슴을 적시는
　　우리나라 서러운 가을 들판을

너는 보았느냐.

──「가을 밤」 전문

　시인이 펴내는 한 권의 시집에 그냥 그대로 읽을 만한 작품이 섞여 있는 경우도 참 드문 현실에서 읽을 만한 작품이 수두룩한, 그것도 절창이 여러 편이나 끼여 있다는 사실은 우리를 더욱 놀라게 하고, 또 다른 시인들로 하여금 시샘마저 느끼게 한다. 그러나 그것이 도저히 아무나 다다를 수 있는 세계가 아닌 것이 바로 시인으로서의 김용택만이 지니는 강점이다.

　일찍이 비평가 채광석을 땅에 묻고 몹시 마음이 허전해진 몇사람이 원경 스님의 지프차를 타고 경기도 양주까지 진출하여 하룻밤을 거하게 취하며 놀 적의 일이 문득 생각난다. 그날 함께했던 사람은 송기숙 선생, 황석영형, 안종관형, 무용가 이애주 등이었다. 이날 송기숙 선생은 술이 취하자 김용택을 몹시 추켜세우며 자랑했다. "김용택이 고놈이 말이야, 아주 맹랑한 놈이거든. 고놈의 시에는 뭐랄까, 섬진강 특유의 잔잔한 물소리가 담뿍 느껴진단 말이야." 그 말이 나에게는 송선생이 경상도 출신인 나더러 들으라고 일부러 하는 말처럼 들렸다. 이번 시집을 읽으면서 나는 그때 송선생이 하신 말씀의 뜻을 실감했다.

　김용택은 우리 시대의 참 뛰어난 시인이다. 이런 점에서 그는 행복하면서 동시에 외롭다. 우리는 그가 남도 땅 섬진강변의 한 작은 마을에서 앞으로도 줄곧 자기 지역을 지키는 반짝이는 보배로운 시인으로 박혀 있기를 부탁드리고자 한다. 한반도의 상공을 인공위성을 타고 지나가면

159

서 섬진강변의 어느 작은 마을을 내려다보면 유난히 반짝이는 별처럼 한 시인의 빛나는 정신이 필시 크게 두드러져 보일 것이라고 나는 생각한다.

　모름지기 시인이여, 그대는 이제 세상을 떠난 분들의 정다웠던 이름을 부르며 흘리는 가슴속의 눈물을 거두시라. 그대가 자꾸만 그들의 이름을 부르면 부를수록 그들의 영혼은 기꺼이 이승을 떠나지 못하고 줄곧 미련만 갖게 될 것이다. 그대가 다시 흙과 더불어 가난한 농민들에게 예전처럼 지속적이고 따뜻한 응시를 보내는 모습을 저승의 그들도 진정으로 바라고 있을 것이다.

후   기

햇수로 3년 전 나는 광주의 기세문씨 댁에서 광웅이형님
의 병든 모습을 보았다. 그때 형님의 모습은 거의 절망적
인 상태였다. 헤어지면서 나는 형님을 포옹했다. 작고 앙
상한 형님의 몸이 지금도 느껴질 때가 있다. 나는 돌아서
면서 울었다. 골목을 나오며 뒤돌아보았더니 거기 형님이
고개를 비스듬하게 기울이고 서 계셨다. 형님의 마지막 모
습이었다.

햇수로 2년 전 나는 남주형을 광웅이형님과 똑같은 장소
에서 똑같은 모습으로 보았다. 그때 나는 병가를 내고 집
에서 쉴 때였다. 나는 눈물도 나오지 않았다. 가슴이 메어
졌다. 큰 충격을 받은 내 몸은 극도로 악화되기 시작했다.
걷잡을 수가 없었다. 그리고 몇달 후에 남주형은 죽었다.

광웅이형님이 죽고 남주형이 죽었으니 다음은 내 차례라
는 터무니없는 생각이 나를 사로잡아버렸다. 그 생각에서
나는 한치도 벗어날 수가 없었다. 죽음과의 긴 싸움이 시
작되었다.

내 몸은 극도로 지쳐 무너지기 시작했으며 내 정신 또한
황폐화되어갔다. 나는 허방을 딛고 걸었다. 내가 딛는 땅
은 늘 사라졌다. 아무런 기대도 희망도 잡을 끈도 다 사라
져버렸다. 삶이 아무런 의미가 없었다. 꽃이 되지 않은 말
들이 난무했다.

나는 때로 가늘 수 없는 내 몸과 육체를 길게 눕히고 깜박깜박 정신이 꺼지기도 했으며 정신을 놓지 않기 위해 아내랑 전주시내의 변두리를 헤매었다. 자운영꽃, 토끼풀꽃, 영산홍, 배추꽃, 푸른 논두렁의 풀꽃들이 희뿌연했다. 어느 순간엔 모든 사물이 딱 정지해버리기도 했다. 무서웠다. 사선을 넘나드는 내 정신은 위태했으며 모든 것이 가물가물했다. 잠이 떠나버린 캄캄한 밤의 연속이었다. 공포였다. 내 얼굴은 마른 참나무장작처럼 딱딱하고 건조하게 굳어갔다. 그렇게 나는 지난해 봄을 보냈다.

내 굳어가는 육체와 함몰되어가는 정신을 잡아준 사람들이 있었다. 나는 이 어쭙잖은 시집의 끝에 그들이 나에게 혼신을 다해 보여준 사랑을 적어두고자 한다. 그들 때문에 나는 회생하였으며 이 시집 후기를 쓰고 있기 때문이다.

김태삼·유효진 선생님 부부, 그분들이 내게 보여준 헌신적인 관심과 보살핌을 나는 평생 잊을 수 없다. 두 분은 내게 인간에 대한 신뢰와 따뜻한 희망을 갖게 해주셨다.

내 꺼져가는 정신을 위해 기도해준 샬롬교회 최갑성 목사님, 그리고 많지 않은 교회 식구들이 내게 보여준 인간적인 따뜻함을 나는 잊지 못한다.

또 한 분, 김태삼 선생님과 목사님을 통해 내 몸을 치료하고 계시는 정성옥 선생님. 그분은 내 막힌 숨길을 뚫어 내 생명을 지켜주신 분이다.

그리고 내 몸이 극도로 나빠졌을 때 어쩔 줄 모르며 약을 지어주시던 서지영 형님과 굳을 대로 굳은 내 몸을 주물러 풀어주며 눈물짓던 양희자 형수님 내외, 그분들을 생각하면 지금도 눈물이 글썽여진다. 그분들에 의해 내 몸은 다시 살게 되었다. 다시 한번 그분들께 감사의 절을 올린다.

또 있다. 하루도 거르지 않고 나를 들여다보고 염려해준 옆방 정훈이 엄마, 피아노 언니, 그분들이 나를 보고 숨어 눈물짓던 모습들은 지금도 내 눈시울을 뜨겁게 한다.

그 누구보다도, 이 세상 그 누구보다도 나는 내 아내 이은영을 이 자리에서 생각한다. 딱딱하게 굳어가는 내 몸과 정신을 부둥켜안고 울고 웃던 사랑하는 내 아내, 그의 지칠 줄 모르고 포기할 줄 모르는 헌신적인 사랑이 나를 이렇게 다시 세워주었다. 그리고 내가 드러누워 정신이 가물거릴 때마다 겁을 먹고 울던 사랑하는 내 아들 민세, 내 고운 딸 민해, 그들도 내 삶의 한복판에서 꺼져가는 내 영혼을 지켜주었다.

마지막으로 어머니, 간이 다 빠짝 타버렸을 우리 어머니의 그 끝도 갓도 없는 걱정을 내 어찌 필설로 다 표현하겠는가. 걱정으로 날을 지새우시던 장모님, 장인어른께도 이 자리에서 깊은 감사를 올린다.

나는 내 몸과 마음이 지치고 허물어지고 망가지면서 그리고 다시 서서히 깨어나고 정신이 들면서 그 긴 고통과 죽음과 대면한 싸움 속에서 인간의 위엄과 문학의 위엄을 같은 선상에 놓고 싶었다. 어떤 경우에도 인간도 문학도 포기되어서는 안된다는 생각을 했다. 인간의 길이 있듯이 시인의 엄중한 길도 있었다. 그 둘은 하나였다.

외롭고 긴 침묵과 고요에서 싹트는 말, 그리고 무한한 사랑만이 인간을, 문학을 세운다. 이것이 다시 사는 내 삶의 의무요 책임이요, 사람들에게 진 빚에 대한 보답이라고 나는 믿었다.

어느 시대든 '진정한 문학'은 있었고 있어왔으며 있어야 한다. 그것은 피할 수 없는 현실이다. 시인이 생각해야 할 것이 무엇인지 나는 그 긴 고통 속에서 깨달았던 것이다.

광웅이형님과 남주형 그 두 분을 나는 내 육친보다도 더 좋아했다. 나는 아직도 그 두 분이 준 인간정신을 잊지 못한다. 그 두 분이 발 내리지 못한 이 땅이 서러웁고 고통스럽지만 그분들이 사랑한 세상을 나 또한 사랑한다. 나는 그분들을 함부로 입에 올리지 못한다. 아내와 이야기 끝에서 늘 그 두 분의 이야기가 자연스럽게 따라오곤 한다. 그리고 나는 막막하다. 남주형이 죽었을 때 나는 가지 못했다. 무섭고 두려웠다. 그분의 무덤에도 나는 아직 선뜻 가지 못하고 있다. 그 두 분은 내가 세상에서 만난 가장 아름다운 사람으로 남아 있다.

첫 시집을 낸 지 꼭 10년이 되었다. 첫 시집, 두번째 시집, 세번째 시집을 나는 창작과비평사에서 냈다. 다시 오랜만에 네번째로 창작과비평사에서 또 시집을 내게 되었다. 오랜 방황 끝에 고향 산마루 느티나무 아래 앉은 안도감을 느낀다. 변함없는 우정을 보여준 '창비' 식구들에게 깊은 감사의 정을 드린다. 고향은 언제나 좋고 소중한 것이다.

1995년 1월
섬진강변 작은 마을에서
김   용   택

창비시선 130
강 같은 세월

초판 1쇄 발행 / 1995년 1월 25일
초판 18쇄 발행 / 2017년 11월 10일

지은이 / 김용택
펴낸이 / 강일우
펴낸곳 / (주)창비
등록 / 1986년 8월 5일 제85호
주소 / 10881 경기도 파주시 회동길 184
전화 / 031-955-3333
팩시밀리 / 영업 031-955-3399 · 편집 031-955-3400
홈페이지 / www.changbi.com
전자우편 / lit@changbi.com